조현, 나의 일 프로

조현, 나의 일 프로

동광임파워먼트센터

하움

동광의 첫 번째 출판을 축하드립니다.

짧은 글을 읽으며 활동가들의 삶을 생각합니다.

지독한 망상과 환청에도 길을 잘 찾아가고 계십니다.

책 안에 찐한 감동이 있어서 잠시나마 행복했습니다.

"지금보다 1㎝라도 행복해질 수 있다면"

"지금보다 30분이라도 더 잘 수 있다면"

"지금보다 덜 불안하고 덜 우울해질 수 있다면"

글을 읽으며 잠시 제 삶을 돌아보며 반성했습니다.

지금보다 내가 1㎝라도 더 행복을 나눌 수 있다면…

살아 있음에 더욱 감사하며 살아가겠노라! 다짐합니다.

그대들은 모두 하나님의 자랑이며 아름다운 걸작품입니다.

세상의빛동광교회 류재상 목사

목차

2부

잃어버린 시간: 어느 날 갑자기 ——————————

번외편 1 증상을 이겨 내는 나만의 꿀 Tip

3부

아픔의 시간 별이 되다!

번외편 2   정신과에 가기 망설여지는 사람들을 위하여

번외편 3   가족들에게 당부드리는 말씀

1부

우리의 시간도

당신의 시간과 같이 흐른다

당신의 기억 속에는 어떤 이야기가 있나요?

학창 시절의 추억, 첫사랑의 설렘, 소중하고 그리운 사람들
때때로 느끼는 분노와 후회 그리고 수많은 감정과 생각들.

우리에게도 당신과 같은 기억이 있습니다!

Canon EOS 200D II | F/5.6 | 1/100s | ISO-4000 |

누구에게나 있을 법한 평범한 기억

　어린 시절을 떠올리면 초등학교 가을운동회 때 달리기를 잘해 상으로 공책을 받았던 일, 소풍 때 엄마가 싸 주셨던 김밥이 기억난다. 소풍 가서 점심을 먹을 때 친구들이 "누가 해 줬어?"라고 물어보면 "엄마가 만들어 줬어."라고 자랑스럽게 대답하곤 했다. 사실 그냥 사 가도 되는데 소풍마다 아침에 일찍 일어나 엄마와 함께 김밥을 만들었던 장면이 무척 고맙고 따듯하게 기억된다.

조금 커서는 친구들과 버스를 타고 인천 월미도에 놀러 갔었다. 바이킹을 타며 친구들과 "바이킹은 끝자리에 앉아야 재미있어.", "아니야. 너무 무서우니까 가운데 앉자." 하며 이리저리 왁자지껄했었다. 난 결국 무서워서 가운데 앉았고 나머지 친구들은 뒷자리에 앉았는데 '오르락내리락' 하며 붕 뜨는 느낌이 무섭고 힘들었던 생각이 난다. 난 그만 내리고 싶었지만 한 번 더 타자는 친구들의 말에 몇 번씩이나 또 탈 수밖에 없었다. 당시에는 사면초가의 기분이었지만 지금 생각하면 그때 참 잘했다는 생각이 든다. 친구들과의 소중한 순간을, 평범했던 순간을 기억할 수 있으니 말이다.

– 이〇숙

첫눈 1

첫눈이 오면 왠지 마음이 설레는 것 같다. 중학교 졸업식 날 눈이 내린 기억이 있다. 눈을 맞으며 졸업식을 하니 설레고 기분이 좋았던 기억이다. 성인이 되면서 눈에 대한 추억이 별로 없다. 그래도 눈이 오는 날이면 무언가 좋은 일이 생길 것만 같고 설레는 마음은 어렸을 때와 똑같은 것 같다.

첫눈은 누구에게나 새로운 기분으로 다가오는 것 같다. 왠지 모를 설렘, 누군가를 만나고 싶은 마음, 학생들은 새로운 학기에 대한 기대 이런 것들이 첫눈의 느낌일 것 같다. 세상을 온통 하얗게 물들이는 첫눈을 보면 마음도 하얗게 깨끗해지고 기분도 새로워지는 느낌이 든다. 나는 이런 느낌의 첫눈이 좋다. 매년 연말이면 첫눈이 기다려지고 가슴이 설레는 것 같은 좋은 기분. 나는 이런 첫눈을 보면서 좋은 생각들만 하고 싶어진다.

– 김○호

Canon EOS 200D | F/22 | 1/100s | ISO-400 |

내 인생의 명장면 – 가족여행

　내가 어렸을 때 부모님은 늘 바쁘셨고 난 혼자였다. 그러나 여행을 갔을 때만큼은 가족이 함께였기에, 가족과 함께했던 여행은 나에게 무척 행복한 기억이다. 나는 초등학교 때 엄마와 하와이에 갔었다. 나는 초등학교 때 학교가 끝나면 몇 시간이고 스케이트보드를 탔는데, 마침 엄마와 갔던 하와이 여행에서 스케이트보드 기술을 알려 주는 비디오테이프를 발견하고 무척 좋아했던 기억이 난다.

　하와이에는 엄마 친구분이 살고 계셔서 그곳에 묵으며 관광을 다녔는데 눈앞에 펼쳐지는 풍경을 보며 그곳에서의 하루하루가 너무나 아름답다고 생각했었다. 하루는 배가 너무 고파 이른 새벽, 잠에서 깼다. 엄마를 깨워 한국에서 가져온 온 김에 멸치볶음과 밥을 싸 먹었는데 왜인지 그때 먹었던 밥이 아직도 생생하게 기억난다.

　형과 태국에 갔던 일도 기억에 남는다. 외삼촌이 여행사를 하셔서 태국의 좋은 곳을 많이 데려가셨는데 가장 기억에 남는 곳은 팟퐁 야시장과 파타야에서 구경했던 알카자쇼이다. 내가 초등학교 5학년이 되던 해 형이 미국으로 유학을 가게 되면서 온 가족이 미국에 잠시 머물렀던 적이 있다. 형과 나는 라스베이거스에서 10달러를 가지고 슬롯머신을 했었는데, 형이 무려 4,800달러를 따서 가족들이 모두 기뻐했던 생각이 난다. 형만 남겨 두고 돌아오면서 나는 '내가 가장 좋아하는 우리 형! 형도 한국에서 같이 살았으면.' 하고 간절히 바랐었다. 형은 사업 때문에 부산에서 거주하셨던 아빠를 대신해 나에게 아빠이자 친구 같은 존재였기 때문이다. 지금도 형은 나의 든든한 후원자이고 가장 그리운 사람이다. 외국에 있어 자주는 못 보지만 한국에 올 때면 꼭 나를 찾아오는 형이 있다는 사실만으로도 나는 외롭지 않다.

- 이○규

첫눈 2

첫눈이 내리면 연락을 잘 안 하던 사람에게도 첫눈이 온다며 연락받고 기분이 좋았던 기억이 있다. 첫눈은 어떻게 보면 '누구와 함께 그 순간을 맞이하는지', '눈을 보며 어떤 감정을 느끼는지'가 중요한 것 같다. 어떤 이는 바쁘고 힘들 수도 있지만 어떤 이에게는 기쁜 소식일 수도 있듯, 같은 상황이라도 저마다의 반응은 제각각일 것이다.

나는 첫눈이 온다는 뉴스를 들으면 창문을 열어 눈이 오나 안 오나를 확인할 정도로 아직은 첫눈에 관심이 있다. 신발 자국이 남지 않은 눈을 보며 추운 날씨에도 마음이 스르르 녹는 것을 보면 '그래도 아직 내 마음이 살아 있구나!'라는 생각이 든다. 오늘 하루를 어떻게 보내야 할까 설레게 만드는 첫눈에게 "올겨울도 잘 부탁한다."고, "따뜻하고 행복한 겨울이 되게 해 달라."고 전하고 싶다.

– 이○숙

Canon EOS 200D II | F/4.5 | 1/500s | ISO-100 |

풋사랑

중학교 2학년 때 사귀었던 여자친구가 있었다. 나보다 두 살 연상이었
는데 꽤 오랜 기간 사귀었던 것이 기억난다. 여자친구와 같이 밥 먹고 커
피숍도 가고 비디오방도 가곤 했는데, 특히 논현동에 있는 femy라는 커
피숍에서 자주 만났던 기억이 난다. 우리 둘은 순수하게 너무 사랑했다.
100일째 되던 날 우리 집 앞에서 비를 몽땅 맞으며 나를 기다리다 선물
을 주었던 여자친구가 생각난다. 우리는 서로를 너무 좋아했었고 아껴
주었으며 같이 지냈던 시간들이 소중했다.

어머니와 아버지가 이혼을 하시고 가세가 기울며 내가 처한 환경에 많은 변화가 생겼고, 나는 여자친구에게 이별을 고했다. 나에게는 늘 진실했던 고마운 친구에게 내가 먼저 헤어지자고 할 것까지는 없었는데 왜 그런 말을 했는지 후회된다. 나는 이제 더 이상 사랑을 할 수 없다.

　문득 사랑이 없는 인생이라 생각하니 가슴 한구석이 허전하다.

- 이○규

첫사랑

나는 초등학교 6학년 때 같은 반 별님이라는 여자애를 짝사랑했다. 한 달에 한 번씩 짝꿍과 자리를 정하는 날이 있었는데, 나는 내가 좋아하는 친구의 옆자리에 앉고 싶어 노력했고 결국은 같이 앉게 되었다.

별님이는 얼굴도 예쁘고 키도 컸다. 당시 나는 전학생이었는데 그 친구를 많이 좋아했지만 끝내 솔직한 내 마음을 이야기하지는 못했다. 내가 별님이를 좋아하고 있는 것을 알고 있던 한 친구가 별님이는 심장병이 있어 몸이 약하다고 알려 주었다. 그 말을 듣고 나는 내심 슬펐다. 어느 날은 별님이가 짝꿍이 된 후 책상 가운데에 선을 긋더니 넘어오지 말라고 했다. 난 장난삼아 선을 넘곤 했고 그때마다 눈을 흘깃거리는 별님이의 모습이 예쁘고 귀여웠다.

초등학교 졸업식 날이었다. 우리 반 반장과 웃고 떠드는 별님이의 모습을 보았는데, 별님이가 그렇게 밝게 웃는 모습은 이전에 본 적이 없는 것 같았다. 나는 직감적으로 별님이가 반장을 좋아한다는 것을 알 수 있었다. 별님이가 좋아하는 사람이 나였으면 얼마나 좋을까? 중학교 입학을 앞두고 별님이는 A 중학교로, 나는 B 중학교로 배정받았다. 중학생이 되어서 나는 용기를 내 별님이에게 전화를 걸었다.

"초등학교 때 짝꿍이었는데 날 기억하느냐?"고, "널 좋아한다."고 고백 했다. 우리는 만나기로 약속했지만 별님이 아버지가 밖에 나가지 못하게 하셔서 결국 만나지 못했다. 사랑의 편지도 많이 보냈다. 그리고 전화도 많이 걸었었다. 하루는 전화를 거니 별님이의 남동생이 전화를 받았는데 누나가 가출을 했다는 것이다. 많이 걱정되었다.

그 후 별님이와 교회에서 다시 만나게 되었다. 같은 교회에 다니게 되면서 서로의 집이 가까운 덕분에 함께 걸어오곤 했다. 지금은 어디에서 살고 있는지, 결혼은 했는지, 그리고 나를 기억하는지 물어보고 싶다. 어디에 있든 행복하게 웃으며 살았으면 좋겠다.

- 임○식

Canon EOS 200D | F/11 | 1/1250s | ISO-400 |

애호

고등학교 3학년 무렵 그 친구를 알게 되었다. 반 친구와 하굣길에 깔깔대며 걸어가고 있는데, 뒤에서 누가 따라오는 것 같아 뒤돌아보니 남학생 두 명이 따라오는 것이었다. "왜 따라와요?"라고 물었더니 "그냥 지나가는 길인데요."라고 했다.

친구와 나는 분식집에 떡볶이를 먹으러 갔다. 당시 떡볶이집은 DJ가 있어 LP 판을 틀어 주는 곳이었다. 우리는 듣고 싶은 곡을 종이에 써서 신청했다. 그런데 조금 뒤 아까 따라왔던 남학생 두 명이 들어와 태연하게 떡볶이를 먹는 것이었다. 우리는 신청곡을 들으며 맛있게 떡볶이를 먹었다. 며칠 뒤 또 그 남학생들이 우리를 따라와 말을 걸었다. 자기네들이 살 테니 떡볶이집을 가자는 것이었다. 그런데 친구가 덥석 "그래요." 하고 대답을 하는 바람에 하는 수 없이 함께 떡볶이집에 가게 되었다. 한 친구는 기타를 메고 있었고 다른 한 친구는 1년 선배라고 했다.

그렇게 며칠이 지나고 기타를 멘 친구가 "선배네 집에 같이 가자."고 했다. "집에요?"라며 망설이니 "우리는 음악하는 사람들인데 선배네 집에 합주실이 있으니 구경시켜 줄게."라고 했다. 호기심에 친구와 함께 선배네 집에 갔다. 선배네 집은 으리으리했다. 마당에는 수영장이 있고 지하에는 합주실이 있었다. 합주실에 도착하니 남자친구들 몇 명이 더 있었다. 기타, 베이스, 드럼, 전자오르간 없는 게 없었다. 우리는 눈이 휘둥그레졌고 음악 연주에 황홀함을 느꼈다. 나에게 호감을 가졌던 친구는 싱어였다. 나는 그 친구의 노래 부르는 모습이 좋아 약간 마음이 흔들렸다. 우리는 그 후로도 몇 번 더 만남을 이어 갔다. 마침내 나는 싱어인 친구와 사귀게 되었다.

우리는 대입 시험이 있기에 열심히 공부해서 같은 대학에 들어가자고 약속했다. 그러나 그 친구는 음악에 관심이 있었고 나도 예대를 가고 싶었지만, 실력이 부족해 평범한 대학에 원서를 넣었다. 나는 대학에 떨어졌고 그 친구는 원하던 대학은 아니지만 1차 대학에 합격했다. 나는 고등학교를 졸업하자마자 취업을 했고 그 친구는 가수가 되었다. 우리는 서로를 응원하며 다른 길로 가야 했지만, 첫눈이 오는 날 꼭 다시 명동에서 만나자고 약속했었다.

마침내 첫눈이 오던 날, 나는 약속 장소에 나가지 않았다. 그 친구의 미래를 방해하고 싶지 않았기 때문이다. 나는 나대로 직장 생활에 바빴고 그 친구는 가수 생활에 바빴다. 그때의 나는 왜 서로가 다른 길을 가고 있다고 생각했었는지 모르겠다. 각자 자기의 할 일을 열심히 하며 만나도 되는 것을, 왜 굳이 헤어지자고 했는지.

이후로도 그 친구에게 연락이 왔지만 만나지 않았다. 아마도 나는 대학도 못 가고, 그 친구한테 자존심도 상했던 것 같다. 지금은 거의 활동을 안 하지만 그 친구의 타이틀곡 내용이 바로 내 이야기이다. 첫눈 하면 생각나는 나의 첫사랑 어느덧 중년이 되어 잘살고 있겠지? 이제는 추억의 한 페이지로 남아 지워지지 않을 아름다운 기억이 되었다.

– 최○희

Canon EOS 200D II | F/5.6 | 1/800s | ISO-100 |

머물러 주오

2018년 그리고 2024년, 부모님이 돌아가신 지 만 5년이 지났다. 이젠 많이 담담해졌다. 50년 넘게 사랑을 받았지만 그래도 더 사랑받고 싶은 게 자식인가 보다. 부모님이 내 곁을 떠나시고 혼자가 되었다. 형제·자매가 있지만 각자 자기의 가족을 꾸리느라 제각기 바쁘게 산다. 나에게 가족이 없어졌다는 느낌이 들었다. 매일 아침마다 셋이서 식사하던 것이 혼자 식사하는 날이 되었고, 집안에 들어서면 느껴지던 부모님의 온기가 사라졌고, 텅 빈 집에 홀로 들어간다. 그렇게 1년을 살아가는 것이 쉽지 않았다. 이젠 독립을 해야 하는데 혼자 살아가는 것이 또 쉽진 않겠지만 견뎌 내야 한다. 이 세상에 영원한 것은 없다. 인간의 수명을 누가 붙잡을 수 있을까? 부모님과 살았던 기억과 추억이 사라지지 않겠지만 점차 희미해져 간다. 머물고 싶은 추억이 있다면 부모님과 함께 살 때 아침마다 "굿모닝!"을 외치던 아버지와 어머니, 함께하던 따스한 아침 식사 시간이 그립다. 이젠 아침을 함께 나눌 사람이 없다. **더 이상 사지 않게 된 카네이션을 보며 나의 가버린 옛 친구 같은 부모님이 그립고, 그립고, 그립다.**

- 소○미

머물러 주오

아직도 동생과 아버지의 모습이 내 안에 아른거린다. 하나밖에 없는 내 동생.

어릴 때 우리는 전라남도 영광에서 살았다. 일곱 살 때 동생과 영광 시내에 있는 극장에 가서 「외계에서 온 우뢰매」라는 영화를 봤었다. 영화가 끝나고 집에 가기 아쉬웠는지 동생은 "형아, 영화 또 봐도 돼?"라고 물었다. 나는 그래도 되는지 알 수는 없었지만 "또 봐도 돼."라며 동생을 안심시키고 같은 자리에 앉아 영화를 보고 또 봤던 기억이 난다.

시골에선 간식을 파는 곳이 별로 없는데, 동생은 안에 햄이 들어 있고 겉에는 하얀 설탕이 뿌려진 핫도그를 좋아해 내가 많이 사 주었었다. 동네 친구들, 동생과 메뚜기를 잡으러 산에 갔다가 여치에 손을 물렸던 기억, 학교가 끝나면 문방구에 들러 동생 것까지 로봇을 두 개씩 사 오던 기억이 난다. 당시 아버지는 중화요리집을 하셨는데 장사가 아주 잘 되었다. 아버지가 직접 만들어 주셨기 때문에 맛있는 짜장면과 탕수육을 돈을 내지 않고도 매일 먹을 수 있었다. 또 겨울이 되면 난로 위에 밀가루 반죽을 구워 먹었던 기억도 난다. 내가 초등학교 2학년이 되던 해 영광에서 서울로 이사를 오면서 동생은 친할아버지가 돌봐 주셨고 일주일에 한 번씩 볼 수 있었다.

나와 어린 시절을 함께했던 동생이 하늘나라에 갔다. 그렇게 빨리 떠날 거라곤 미처 생각지 못했는데. 설상가상으로 동생이 하늘나라에 간 뒤 얼마 지나지 않아 아버지도 하늘나라에 가셨다.

"살아 있을 때 좋은 형이 되어 주지 못해 형이 너무 미안하다."

"아버지 살아계실 때 언제나 사랑을 받기만 하고 정작 당신께는 효도 한 번 하지 못해 죄송합니다."

"아버지, 동생아! 하늘나라에서는 부디 편안했으면 좋겠습니다."

- 임○식

오랫동안 곁에 두고 싶은 사람

  내게도 오랫동안 곁에 두고 싶은 친구가 두 명 있다. 나의 고향 친구이자 초, 중학교 동창들인데 한 명은 '영혼의 단짝', 또 한 명은 '불알친구'라고 핸드폰에 저장해 두었다. 그런데 친구들은 내가 그들을 생각하는 것만큼 나를 신경 쓰지 않는다. 아마 경조사 때 나를 부르지 않아도 크게 이상하지 않을 것 같다. 주위 사람들은 그 친구들을 정리하라고 조언해 주지만 난 그럴 생각이 없다. 솔직히 많이 지치기는 하지만, 괜찮다. 친구들이 나에게 소홀히 대해도 크게 서운해하지 않는다. 그들에게는 나보다 더 소중한 친구들이 많이 있고 나를 싫어해서 그렇게 행동하는 것이 아니라는 걸 알기 때문이다.

  이 친구들을 진정한 친구라 여기는 이유는 내가 힘들 때 먼저 편안하게 다가갈 수 있는 친구들이기 때문이다. 물론 병이 있는 나를 이해하는 점도 크게 한몫한다. 한마디로 표현하면 정으로 만나는 친구들이다. 내 친구들은 나에게 있어 내 곁에 두고 싶은 사람이기보다는 내가 늘 그 자리에 있어 친구들이 찾아오면 언제나 편히 쉴 수 있는 나무처럼 기다리고 싶은 사람이다. 끼리끼리 어울린다는 말이 있지만, 내 친구 두 명은 나에게 과분한 친구들이다. 은혜를 갚는다는 심정으로 우정을 잘 지켜 나가야겠다.

– 최○호

나의 부모

나는 어린 시절 자주 아팠다. 병원에서 수술을 받을 정도로 다쳤었고 부모님은 병원비를 마련하기 위해 항상 바쁘셨다. 그래서 난 부모님께 많은 빚을 지고 산다. 나는 부모님께 갚을 게 많은 사람이다.

그런데 정작 난 나의 부모님을 잘 모른다. 마치 남처럼 부모님이 무슨 일을 하셨는지, 무슨 음식을 좋아하시는지, 힘든 순간에는 어떻게 하셨는지 자세히 모른다. **나이가 드니 알고 싶다.** 그동안 왜 부모님께 묻지 않았는지 나를 잠시 원망해 본다.

어린 시절, 형편이 넉넉지는 않았지만 부모님은 항상 나에게 최선이었다. 어렸을 때 부모님께서는 "가장 큰 효도는 자기 앞길을 스스로 잘 살아나가는 것이다."라고 말씀하셨다. 그래서 난 다시 시작했다. 노력 중이다. 중학교 때 두 번이나 포기했던 학업을 다시 이어 나가기 위해 검정고시를 보고 야간고등학교에 다니고 있으며 604일째 금연 중이다. 지금은 세상에 없는 아버지와 이젠 연락하지 않는 엄마이지만, 내가 다시 연락하면 반겨 주실 것을 알기에 더 이상 실망시키지 않는 내가 되기 위해 나는 노력한다.

항상 나를 위해 기도해 주시는 엄마! 감사합니다!

– 이○숙

나의 아버지

　부모 마음은 다 똑같다고들 한다. 난 부모님이 부모란 존재가 되기 전은 알지 못한다. 한 인간으로서의 모습을 뒤로하고 가정에 충실해야만 했던 부모님께 가끔 죄송스럽기도 하다. 우리 아버지께서는 가정교육을 엄하게 하지 않으셨다. 난 부모님이 자녀를 엄하게 가르쳐서 내가 더 강인해지길 원했지만, 아버지는 엄격한 할아버지 밑에서 성장하셨기에 당신만큼은 자녀들에게 엄격하지 않게 대하셨던 것이다. 아버지는 건설업에 종사하시느라 집에 자주 들어오지 못하셨고 여행 한 번 같이 간 적이 없었다. 그래서 난 어릴 때 아버지를 반면교사 삼아 아버지처럼 되지 않겠다며 돈은 적당히 벌고 가족과 많은 추억을 쌓겠다는 꿈을 꾸었다. 그렇지만 생각해 보면 아버지께서 그렇게 열심히 돈을 버셨기 때문에 내가 학창시절 때는 중산층 가정 이상의 삶을 누리며 사교육도 남부럽지 않게 받을 수 있지 않았나 하는 생각이 든다.

지금도 부모님께 가장 죄송스러운 것은 부모님이 나에게 투자한 만큼 내가 성공하지 못했다는 것이다. 난 아버지가 자기 분야의 전문가로 성장한 사람이라는 것이 가장 자랑스럽다. 아버지는 가정에는 소홀했지만 일터에서는 건설업 소장으로 능력을 인정받는 훌륭한 가장이다. 아버지는 가끔 "다시 인생을 살면 일을 줄이고 가족들과 시간을 많이 보내고 싶다."고 말씀하시는데, 그 말이 가슴 아프게 들린다. 그리고 요즘 아버지께서 가장 많이 하시는 말씀은 "형이랑 나 때문에 산다."는 말인데 난 그런 아버지께 "담배 끊으시라."고 잔소리 하지 않는다. 그나마 그게 인생의 낙인 것을 알기 때문이다.

아버지께서는 20대의 거의 전부를 중동에서 달러를 벌며 보냈는데 청춘을 다 바친 돈으로 귀국해 집안의 기둥 역할을 하셨다고 한다. 그래서 아버지 형제들은 그때의 도움을 기억하며 지금까지도 아버지를 고맙게 여기고 있다.

너무 일찍 철이 들어 버려 정작 본인 인생은 못 사신 아버지, 이제는 주변보다 아버지 당신을 위한 자신의 삶을 즐기셨으면 한다. 우리 가족이 다시 예전으로 돌아갈 수는 없지만, 긴 터널을 통과한 것처럼 남은 날 동안은 좋은 일들만 가득하면 좋겠다.

- 최○호

권리를 가질 권리

난 나에게 강압적인 태도로 대하는 사람들을 싫어한다. 계모랑 살 때 계모는 나의 그런 점을 잘 알고 있었지만 강압적이었고, 난 솔직히 말해 계모가 무서웠던 것 같다. 군 복무를 하며 받았던 2년 치 월급을 계모가 모두 썼다. 계모는 씀씀이가 커 아빠가 벌어다 준 돈도 모두 탕진하기 일쑤였다. 그러나 난 계모에게 하고 싶은 말이 있어도 참았고 나의 노예근성은 더욱더 심각해져 갔다. 내가 성인이 되고 조금씩 의식이 깨어갈 때쯤 계모에게 이렇게 말했다.

"순종을 원하시거든 존경심이 들게 행동하세요."

그 순간 계모는 불같이 화를 냈다.

아빠랑 형과 사는 지금은 내 목소리를 많이 내고 있다. 과거 계모랑 살 때의 나는 내 인생을 책임지려는 태도는 없었고 무서움에 굴복하며 바보같이 한심한 세월을 보냈었다. 내 삶에 주체성이 생긴 지금, 현재의 삶이 더욱더 소중하다. 자유라는 것은 위험 부담이 다소 따르더라도 꼭 쟁취해야 하는 것인지도 모른다. **나에게는 앞으로 행복해질 권리가 있고 나의 주권을 침해하는 것들로부터 나를 보호해야 하는 의무도 있다.**

"내 목소리를 내자!"

– 최○호

Canon EOS 200D II | F/5.6 | 1/100s | ISO-640 |

그때 그러지 않았더라면

난 과거에 엄마가 둘이었다. 아버지께서 재혼을 하시면서 계모랑 산지 얼마 지나지 않아 정신이 이상해졌고, 잠시 엄마를 만나러 갔던 날 엄마는 계모와 살더니 내가 이상해졌다며 정신병원에 강제입원을 시켰다. 난 병원에서 도망쳤고 내가 찾아간 곳은 엄마가 아닌 계모 집이었다. 엄마가 원망스러웠던 나는 엄마를 배신하고 계모와 살게 되었지만, 계모가 내게 한 약속들은 감언이설이었고 나는 8년이란 세월이 지나 계모와 싸운 뒤 집을 나왔다. 난 과거 엄마에게 상처 줬던 일을 인생 통틀어 가장 후회하고 있는데 그 일로 나에겐 좌우명 하나가 생겼다. 그것은 바로 **"선택에는 항상 책임이 따르니 어떤 경우에도 후회로 남지 않도록 최선**

을 다해야 한다."는 것이다.

애인과 엄마의 차이는 애인은 사랑을 받으려 하지만 엄마는 대가 없이 무한한 사랑을 준다는 것이다.

연인 간에는 빨간 실로 연결되어 있어 언제든 끊을 수 있지만 부모자식 간에는 쇠사슬로 묶여 있어 절대 끊을 수 없다. 종종 엄마에게 함부로 할 때도 있고 엄마가 가정이 생겨 자주 보지는 못하지만, 가끔 따로 만나는 시간이 내겐 너무 소중하다. 현재 누리는 이 행복이 너무 감사하다. 항상 엄마에게 아쉬울 것 없다는 듯 대하는 나이지만 엄마만이 유일하게 언제나 내 곁을 떠나지 않고 지켜 주는 존재라는 사실을 자각하게 되었다. 먼 길 돌아왔지만 엄마랑 오래오래 행복하고 건강하게 살았으면 좋겠다.

– 최○호

지금쯤 어땠을까?

중학교 2학년 때 나는 형이 있는 미국에 유학을 가려고 대사관 인터뷰를 간 적이 있다. 영어로 몇 가지 질문을 받고 대답했었는데 결국 학교 성적이 좋지 않아 불합격 통지를 받았다. 나는 워낙 형을 좋아하고 그리워했기 때문에 형이 있는 미국에 가기 위해 열심히 공부했었다. 그러나 두 번이나 떨어지면서 포기하게 되었다. 만약 그때 유학을 갔다면 지금쯤 남들과 평범하게, 혹은 남들보다 더 윤택한 삶을 살고 있지는 않을까? 지금의 나는 꽤나 어려운 인생을 살고 있다. 엄마도, 아빠도 모두 돌아가시고 형은 홍콩에 있으며 나는 혈압약, 당뇨약을 먹고 있다. 내가 청소년기에 학업에 열중했더라면, 아버지의 사업이 망하지 않았더라면, 어머니가 아프셨을 때 좀 더 간호를 잘했더라면. 그러고 보니 내 인생에 수많은 기회가 있었는데, 지금의 내겐 수많은 후회만이 남아 있다.

- 이○규

내가 작별하고 싶은 사건

가족들과 친하게 지내지 못했던 것을 후회한다.

연락처를 알아도 전화해 보지 않는다.

조금이라도 지금보다 나았던 예전에, 효도는 못 해도 살갑게 연락이라도 자주 드릴걸 후회한다.

아직도 가족의 번호를 알지만 전화나 문자 메시지를 보내지 않는다.

지금도 후회스러운 짓을 하는 건 아닌지 문득 겁이 난다. 예전의 일들이 후회된다고 느끼는 순간 또 후회되었고, 후회는 후회를 부른다. 남들과는 잘 지내면서 왜 가족들과는 잘 지내지 못하는지 나를 원망하며 눈물로 보내는 날도 있었다.

계절이 바뀌고 1년이 지나고 2년, 그리고 10년째인 지금도 여전한 '가족에 대한 그리움'과 작별하고 싶다. 가족이라는 것은 내가 어쩔 수 없는 당연한 존재이기에 그저 이 생각을 물 흐르듯 흘려보내야 할 것 같다.

– 이○숙

사실 난 용기가 없다

어릴 적부터 낯가림이 있던 나는 모든 게 어색하고 용기가 없었다.

지금도 많은 용기가 있는 것은 아니다.

얼마 전만 해도 인사가 어려웠었던 시간이 있었다. 지금도 가끔 인사가 어렵다. 어느 타이밍에 인사를 해야 하는지 어떻게 하면 좋은 것인지 항상 고민하게 된다.

사람들을 만나게 될 때도 인사부터 신경 쓰게 되는 나를 보게 된다.

아르바이트를 할 때 썸을 탈 뻔했던 적도 있었지만, 막상 연락을 받았을 때는 용기가 없어 썸도 타지 못하고 끝나 버렸다.

나는 새로운 길을 갈 때면 항상 용기가 없다.

앞으로의 나의 길을 잘 찾아갈 수 있을까?

- 유○지

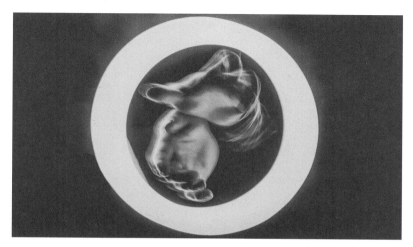

Canon EOS 90D | F/32 | 1s | ISO-400 |

비열한 당신 잘 살았으면 좋겠습니다

나를 항상 사랑해 주는 사람이 있었습니다. 그리고 나를 미워하는 사람은 더 많았습니다. 사랑을 주는 사람이 있어도, 미워하는 사람들과 함께하는 삶이란 생각보다 괴로운 일이었습니다. 미움을 받는 이유가 나의 행동의 결과가 아닐 땐 더욱 힘이 들었습니다. 나에게 폭력을 일삼았던 아버지와 무심했던 어머니, 직장 내 수없이 겪었던 질투와 시기, 그리고 따돌림. 제 삶을 돌아보면 나는 내게 과분한 사랑을 받았고, 또 한편으론 납득할 수 없는 미움을 받으며 살아왔던 것 같습니다.

30대까지는 그러한 미움에 맞서 싸우고, 그러다 지치길 반복했던 것 같습니다. **'수단과 방법을 가리는 사람'이 '수단과 방법을 가리지 않는 사람'을 이길 수 없다는 것을 잘 알고 있습니다.** 우리가 사는 세상에는 전혀 논리적이지 않고 표면적인 질서에 가려진 부조리도 존재합니다. 세상은 선한 사람에게는 행복을 선사하고 악한 사람에게만 죄를 묻는 정직한 곳이 아니기에 **모든 사람에게 좋은 사람이 될 이유는 없지만 모든 사람에게 나쁜 사람이 될 권리는 더더욱 없다는 것을 배워 갑니다.** 내가 받는 미움에 대해 '그 사람의 몫'은 그 사람에게 주고 나는 내가 해야 할 일을 하려고 합니다. 그것이 나에겐 삶을 살아가는 '희망'이 되어 줍니다.

- 장○희

Canon EOS 200D II | F/4 | 1/100s | ISO-500 |

사랑이 어려웠던 스무 살

내 나이 스무 살, 대학생이던 나는 남자친구와 연애를 시작했습니다. 그때는 젊은 열정만 가득했지 아직 철이 들지 않아 남자친구와 많이 다투고 힘들었던 날들도 있었습니다. 남자친구는 준수한 외모에 서글서글한 성격으로 이성에게 인기가 많았고 나는 질투가 많았습니다. 우리가 함께 있지 않은 시간에도 남자친구를 믿고 기다릴 줄 알았어야 했는데 그때는 그걸 알지 못했습니다. 결국 남자친구는 나에게 배신을 주었고 남자친구와의 사랑은 점점 식어 갔습니다.

나는 사랑이 영원할 것처럼, 남자친구가 인생의 전부인 것처럼 생각했고 남자친구와의 이별 후 저는 많이 힘들었습니다. 가슴이 휑하니 아팠고, 믿었던 하늘이 무너져 가는 느낌. 세월이 지난 지금도 가끔 생각합니다. '더 잘해 줄걸.', '다투지 말걸.', '더 발전이 있는 삶의 주인공이 되어 줄걸.' 이제 저는 마지막 연애를 꿈꿉니다. 나이도 들고 그때보다는 철이 들었으니까요.

- 고○정

나는 용서하기로 했다

　나의 여자친구는 내가 전화를 하면 안 받는다. 꼭 자기가 전화를 해야만 연락이 된다. 가끔 만나고 싶어도 내가 연락하면 연락이 안 되고 여자친구가 연락해야만 전화를 받고 만날 수 있다.

　내 여자친구는 술을 좋아한다. 나는 술을 좋아하지 않아서 만나면 오래 있지 않고 곧 헤어진다. 여자친구가 다른 분들과 술 약속이 있다고 가버리기 때문이다.

　나는 이런 여자친구를 용서하기로 했다. 용서하고 부담 없이 만나 커피숍에서 얘기라도 조금 나눌 수 있으면 나는 만족한다.

- 김○호

Canon EOS 90D | F/5.6 | 1/60s | ISO-200 |

이해와 상처 그 어디쯤에서

난 중학교 때 육상 중장거리 선수였다. 공부가 하기 싫어 운동을 시작했고 운동을 잘해 뽑힌 것이 아니라 자원해서 시작했다. 처음에는 악으로 깡으로 했지만, 등록 선수가 되자 처음의 패기는 사라지고, 내가 우물 안 개구리였단 사실을 깨달으며 위축되었다. 성적도 최하위였던 날 받아 준 코치 선생님이 계셨다. 난 운동을 제대로 하기 위해 선생님이 전근을 가실 때 그 학교로 따라갔고 마치 아버지처럼 따랐다.

재능이 있는 친구들이 하나둘씩 포기하며 운동을 그만두었고, 결국 나 혼자만 남게 되었다. 부모님께 든든한 지원조차 못 받았던 나는 아무런 비전도 없는 운동을 그만두고 싶었다. 내가 운동을 그만두겠다고 하자

선생님께서는 나를 무릎 꿇리고 다른 선생님들이 보는 앞에서 발로 차고 따귀를 때리며 마구 폭력을 휘둘렀다. 당시 나는 어린 나이에 엄청난 충격을 받았다. 후에 곰곰이 생각해 보니 당시 선생님의 심정도 이해는 갔지만, 다른 한편으로는 그 상황을 이해하려는 나 자신이 용납이 안 되고 싫었다. 아마도 선생님 생각에는 '내가 너한테 이만큼 투자했는데 네가 배신을 하느냐.'는 마음이셨던 것 같다.

이 사건 이후로 내가 깨달은 것은 '암묵적인 신뢰를 깨뜨리게 되면 그에 합당한 대가를 치르게 된다.'는 것이었다. 선생님께서 "내가 널 데리고 있는 이유는 육상을 좋아해서다."라고 하신 말씀이 아직도 기억에 남는다. 난 아직도 이 사건이 내가 '용서를 해야 하는 일'인지 아니면 '용서를 받아야 하는 일'인지에 대한 확신이 없다. 다만 확실한 것은 내가 선생님께 먼저 찾아가 사과드렸었다면 좋은 모습으로 사건이 마무리되었을 것이라는 점이다. 어린 시절 연약했던 나에게 큰 충격을 안겨 준 분이었지만, 나를 기억해 주었으면 좋겠다. 나도 좋은 기억만 간직해 보려고 노력할 테니.

끝으로 「신과 함께: 죄와 벌」의 극 중 대사로 마무리를 짓는다.

"이 세상에 나쁜 사람은 없어. 나쁜 상황만 있는 거지."

– 최○호

2부

잃어버린 시간: 어느 날 갑자기

남들보다 좀 더 스트레스를 많이 받는다고 생각했습니다.

요즘 부쩍 힘든 일이 많다고 느꼈습니다.

어떻게든 이겨 내기 위해

그저 참아 내는 것만이

내가 할 수 있는 일이라 여겼습니다.

어느 날 갑자기 우리의 시간은 멈췄고

멈춰 버린 시간은

나의 모든 것을 바꿔 놓았습니다.

Canon EOS 200D II | F/1.4 | 1/250s | ISO-6400 |

스트레스

스무 살 중반의 나이에 '조현정동장애'라는 진단을 받게 되었다. 아마도 스트레스 때문에 발병했을 확률이 높은 것 같다. 나는 조현병 그리고 조울증이라 병을 가지고 있었는데 초발이었던 나는 좋아지기까지 꽤 많은 시간이 걸렸던 것 같다. 언제 발병했는지는 모르지만 직장을 다니다 퇴사하고 난 후 얼마 안 있다가 발병한 것 같다. 퇴사하고 집과 학원을 오가며 지냈는데, 부모님이 모두 회사에 다니셔서 내가 아픈 것을 모르고 계셨다.

언제부터인가 아침에 일어나면 청소기 소리가 들렸다. 나는 그 소리가 아침을 깨우는 기상 소리인 줄 알고 있었다. 그러나 환청이었다. 내가 걸어 다니는 곳마다 발소리가 나고, 엘리베이터 소리가 나고, 대문 밖에서 여자아이 비명이 들렸다. 위층에서 피아노 치는 소리가 났는데 쇳소리가 났다. 조현병은 뇌가 조율이 안 된 현악기와 같다는 뜻이라고 하는데, 당시 상황이 딱 그런 상황이었다. 티비에서 나오는 내용을 나와 연관 지어 생각했고 신문에 나오는 오피니언 기사도 나와 관련된 이야기인 줄 알았다. 하루는 대부도에 갔는데 밤하늘에 떠 있는 무수히 많은 별을 보았다. 아마도 환시였던 것 같다. 그날 집에 오면서 나는 부모님을 피아노 학원 원장님으로 착각하고 엄마에게 '원장님'이라고 불렀었다. 공중화장실을 가면 마치 다른 곳으로 가는 듯한 이상한 느낌을 받아 들어가지 못했다. 망상에 빠져서 모든 사람과 사물들이 나와 연관되어 있다고 느낀 적이 많았다.

그렇게 응급실을 다니고, 병원을 찾아다녔지만 쉽게 좋아지지 않았다. 부모님은 혼잣말을 하고 실없이 웃는 나를 보시며 내가 아프다는 것을 알게 됐다고 하셨다. 그렇게 입원하게 됐고 한 달 동안 약을 먹으니 제정신으로 돌아온 느낌이 들었다. 그렇게 나는 퇴원하게 되었다. 요즘은 약이 좋아져서 약을 먹으면 일상생활이 가능해지니 조현병에 걸렸다고 너무 절망하지 않았으면 좋겠다.

- 유○지

Canon EOS 200D II | F/4 | 1/15s | ISO-100 |

환청

　1997년까지 나는 잘 지냈었다. 딱히 아픈 데도 없고 살도 찌지 않았으며 피부도 좋았다. 친구들과 가끔 모여 술도 마시며 이런저런 이야기도 많이 나누었다. 아버지는 자영업을 하셨고 어머니도 회사에 다니셔서 그럭저럭 살 만하였다.

　그런데 1998년 가을, 환청이 찾아왔다. 처음에는 일시적인 현상이라며 5급 판정을 받았지만 점점 증상이 심각해져 군 면제를 받게 되었다. 주로 나를 위협하는 소리가 들렸는데 나는 매일 하루하루가 힘들었다. 무시하려고 노력해도 소리는 계속 들렸다. 하루는 어머니 친구와 영등포로 고기를 먹으러 갔는데 고기를 맛있게 먹은 뒤 어머니는 나를 정신병원에 입원시켰다.

당시 나는 정신병원에 처음 입원해 봐서 몹시 무서웠고 어머니에게 잘 못했다고, 구해 달라고 외쳤었다. 입원 초기에는 침대에 누워서 잠만 자면서 부모님이 면회 오기만을 기다렸다. 병원에 있는 것이 너무 싫었지만, 환청이 계속 들려 퇴원을 할 수가 없었다. 약을 매일 먹어야 하는 것도 너무 싫어 한때는 약을 숨기고 버렸다가 보호사에게 들켜 혼났던 적도 있다. 후에는 주치의의 이야기를 잘 들으며 약도 꼬박꼬박 챙겨 먹게 되었고, 환청이 줄어들며 기분도 이전보다 즐겁게 바뀌었다. 나를 괴롭히던 환청이 줄어드니 무엇이든 잘할 수 있을 것 같은, 해보고 싶은 의욕이 생겼다. 지금은 약물 치료와 동광임파워먼트센터에 다니며 꾸준히 재활한 덕분에 오랜 시간 동안 입원을 하지 않고 사회에서, 가정에서 잘 지내고 있다.

- 임○식

Canon EOS 200D | F/7.1 | 1/1000s | ISO-100 |

너무 많이 참아서

나는 자라면서 내가 '너무 많이 참아서 발병한 것이 아닐까?'라고 생각한다. 처음 병원에 갔을 때 원장님은 속에 화가 많아서 그 화가 터진 것이라고 말씀하셨다. 그래서 지금은 마음속에 화가 생기면 참지 않고 화를 풀기 위해 노력하고 있다. 나는 어렸을 때 어린이집에 가는 것이 정말 싫었다. 엄마, 아빠가 다 회사에 다니셨기 때문에 세 살부터 나는 어린이집에 가야만 했다. 나는 그때 엄마가 나를 버렸다고 생각했고 오랫동안 엄마를 용서하지 못했다. 시간이 지나 대화도 많이 나누고 서로의 입장을 잘 알게 되면서 엄마를 이해하게 되었고 부모님을 향한 원망의 마음도 풀어졌다. 엄마는 아직도 그 부분에 대해 미안해하며 죄책감을 느끼고 있지만 나는 엄마를 용서했으니 엄마도 이제 그만 나에게 미안해하면 좋겠다.

서운했던 일들, 나를 힘들게 했다고 생각했던 사람들을 이해하고 용서하게 된 지금 내 병은 많이 좋아졌다. 물론 병의 증상이 심해져서 힘들어질 때가 가끔 있는데, 그럴 땐 기도를 하면 마음이 편해진다. 또 슬프거나 안 좋은 일이 생기면 피아노를 친다. 피아노 소리를 들으면 격양되었던 감정이 잠잠해진다. 생각을 비우고 싶을 때는 도서관에 가서 조용히 책을 읽는 것도 도움이 된다. 앞으로도 가족들과 대화를 나누고 마음에 담긴 화가 쌓이지 않도록 노력한다면 나의 병은 점점 좋아질 것이다.

하늘의 마지막 빛
이제 하루를 마무리하는 빛
그 빛이 사라질 때까지
나는 노을을 본다.
그 노을이 사라져 간다.
마지막 남은 그 빛

- 윤○성

층간소음

10년 전쯤 나는 층간소음으로 스트레스를 받고 있었다. 옆집에서 쿵, 위층에서 쿵쾅, 앞집에서 딸그락, 온갖 소음들이 정신없이 하루종일 기계처럼 돌아갔다. 나는 소음으로 인한 스트레스를 엄청 받고 있었다. 이사를 가고 싶었지만 당시 나는 직장을 다녔고 비싼 월세 때문에 이사 갈 엄두가 나지 않았다.

'낮에는 집에 없으니 밤에 잠만 자고 나가면 되지. 참아 보자.'라는 마음으로 버텼다. 그러나 그게 화근이었다. 퇴근 후 집에 들어오니 또다시 소음으로 가득 찼고 나는 식탁 밑으로 기어들어 갔다. 2018년의 어느 날 나는 조현병 진단을 받았다. 그리고 입원을 했다. 청천벽력과도 같았다. 그때까지는 그래도 감기몸살처럼 약만 잘 먹으면 낫는 병인 줄 알았다.

그러나 입원생활은 순탄치만은 않았다. 증상을 이야기하면 약이 늘어났고 불안, 초조, 두려움, 신체 저림, 공황장애 등의 증상은 쉽게 좋아지지 않았다. 나에게 맞는 약을 처방해 줄 수 있는 의사를 찾아다녀야만 했다. 3년이 지나서야 어느 정도 나아졌다는 것을 감지했다. 주치의 선생님께 칭찬을 받을 정도로 나는 운동을 열심히 했다. 나의 끊임없는 노력으로 조금씩 회복되는 느낌을 받았지만 일상생활에서의 어려움은 또 있었다. 엘리베이터를 타면 공포감이 밀려왔고 밑으로 떨어질까 두려웠으며 지하철을 탈 수 없었다. 시간만 나면 목적지를 정해 놓고 버스와 지하철을 이용해 이동하는 연습을 했다. 물론 처음에는 동광의 후배들에게 도움을 받기도 했다. 이렇게 하나하나 실습을 하면서 조금씩 회복되어 가고 있다. 물론 지나간 6년의 세월을 다 이야기할 수는 없지만 지금은 어느 정도 일상생활을 하게 되었고 지역사회에 안에서 사람들과 함께하고 있다. 시간은 금이다. 시간을 낭비하지 않고 하루 하루를 소중하게 생각하며 다시 태어난 기분으로 주어진 일에 최선을 다해야겠다고 다시 다짐해 본다.

- 최○희

Canon EOS 200D II | F/5.6 | 1/5s | ISO-6400 |

그날의 상처

나의 병은 고2 때 과호흡으로 시작되었다.

갑작스럽게 세상이 빙글빙글 돌아가며 숨이 가빠지고 심장을 움켜쥔 듯 아팠다. 너무 당황한 나는 비틀대며 교무실로 향했고 나를 본 선생님들께선 깜짝 놀라시며 교복 치마 지퍼를 내려 주시고 조끼를 풀어 주셨다. 아빠는 일하다 말고 학교로 달려오셨고 담임선생님과 심각하게 얘기를 나누셨다. 그 뒤로 사람이 많거나 신경이 날카로워지면 과호흡 증상이 왔고 걱정이 되신 담임선생님은 정신과 진료를 권하셨다.

정신과에 처음 진료를 가서 받은 병명은 '청소년 우울증'이었다. 나는 내가 왜 이런 병에 걸리게 됐는지 생각해 봤다. 아무래도 발단은 수련회

였던 거 같다.

수련회를 가게 되어 들떠 있던 나는 놀다가 팔을 다쳐 아픈 상태로 수련회를 가게 되었고, 설레었던 수련회는 나에게 씻을 수 없는 주홍글씨 같은 악몽으로 남게 되었다. 수련회 도착 후 우리는 이유 모를 집합을 당했다. 가자마자 전교생이 가방을 들고 벌을 서게 되었는데 팔을 다친 나는 팔이 너무 아파 수련회 교육 담당에게 "가방을 좀 내리면 안 되겠냐?" 호소를 했고, "그래도 안 된다."는 말에 가방을 억지로 내릴 수밖에 없었다. 그러자 교관은 전교생 앞에서 나에게 소리를 쳤고 그 뒤로 수련회 내내 나만 모든 일에 참여를 못 하게 하며 숙소에 있게 했다. 또한 나를 볼 때마다 아버지 전화번호를 대라며 다른 학생들 앞에서 창피를 주었다. 나는 울면서도 아빠 걱정에 번호를 대지 않았고 그렇게 수련회는 끝이 났다.

그 뒤로 나는 사람이 많은 곳이 싫었다. 그 뒤로 사람들의 얼굴을 보며 눈치를 보는 버릇이 생겼고, 결국엔 학교도 자퇴하고 검정고시를 보게 되었다. 만약에 이런 일이 없었다면 나는 정신이 건강하지 않았을까? 하는 안타까움이 많다. 하지만 되돌릴 수 없는 일이기에 지금의 나는 이 일을 잊고 살아가고 있으며 기억에서 꺼내지 않으려 노력한다. 이미 발병이 되어 버린 것을 어쩌겠는가! 나는 지금이 너무나 소중하기에 현재를 열심히 살아갈 뿐이다.

- 김○연

Canon EOS 200D | F/14 | 1/500s | ISO-800 |

그때 그러지 않았더라면

청소년기에 집을 자주 나오곤 했습니다.

"집에서 잘 지냈더라면 병에 안 걸리지 않았을까?"

고시원에서 혼자 살았을 때 돌아다니며 혼잣말하고, 밤늦게까지 자지도 않고, 말도 함부로 했으며, 밥도 잘 챙겨 먹지 않고, 사람들과 소통이 없었습니다. 만약 그러지 않았더라면….

아이를 낳고 아이를 잘 돌봐야 했는데 나의 불찰로 아이와 5개월 뒤 이별하게 되었습니다. 그때 저는 불안하고 환청도 오고 몸이 힘들었습니다. 아기를 보낸 죄책감에 시달리며 아이 아빠를 원망하기도 했습니다. 아기를 잘 돌봤더라면 병에 안 걸리지 않았을까 싶습니다.

가족은 내게 기회를 많이 줬지만 난 항상 실망을 시켜드렸습니다. 약속을 어기고, 거짓말도 하고. 제가 해야 할 일을 잘했더라면 병에 걸리지 않을 수 있지 않을까요?

- 이○숙

글쎄요

벌써 2024년의 반이 지나가고 있는 요즘, 가을이 부쩍 다가오니 문득 여행이 가고 싶다. 엄마가 가끔 뭘 하고 싶냐고 물어보는데 "커피? 네일 샵?"이라고 이야기하면 나는 "글쎄요." 하면서 모르겠다고 대답한다.

정말 나는 무엇을 하고 싶은지 모르겠다. 나이도 적지 않고 한창 일하고 있을 나이인데 이렇게 쉬고 있으니 답답할 때가 많다. 대학생 때 해 보았던 주차 아르바이트를 다시 해 볼까? 아니면 무얼 해 볼까? 항상 고민 중이다.

전에 일했었던 보건 관련 일은 지금 가지고 있는 병 때문에 다시 할 수는 없지만 아직 미련을 버리지 못하는 것 같다. 보건 쪽 일은 기억력이 좋지 못했던 나에게는 너무나 힘들었고 서투른 탓에 혼도 많이 나서 잊고 싶기 때문이다.

하나, 둘씩 아픈 기억은 잊고 또 생각하며 그렇게 나는 어딜 향하여 나아가고 있는 것일까?

- 유○지

Canon EOS 200D II | F/8 | 1/250s | ISO-100 |

어디쯤 왔을까?

　나는 정착을 하지 못했다. 10대, 20대에는 그냥 물 흐르듯이 허송세월 보냈다.

　30대가 되었을 때도 불안한 삶을 살았다. 나의 30대는 기쁨과 환희 그리고 슬픔이 동시에 존재하는 시기였다. 30대에 아이를 처음 낳아 보았고, 어안이 벙벙했지만 아이가 탄생하던 그 순간의 기쁨은 무엇으로도 설명할 수 없었다. 그러나 30대에 처음 겪었던 입원은 나의 삶을 완전히 바꾸어 놓았다.

　병실 안의 낯선 사람들. 그리고 로비에 있는 공중전화기 한 대에 차례대로 줄을 서서 기다리는 진풍경이 펼쳐졌다. 정신병동에서도 예절이 있다는 사실이 놀라웠다. 나는 공중전화기를 보며 누구한테 전화를 걸어야 하나. 전화를 걸 사람은 있을까? 받으면 과연 무슨 말을 해야 할까? 많은 생각이 들었다. '지금 내 인생은 어디쯤인가? 그동안 잘 살아왔는가?'라는 물음도 던졌다. 또 '앞으로의 인생은 어떤 길을 가야 하나? 나에게도 이런 일이 일어날 수 있구나!'라는 생각이 들었다. 그래서 나는 병원에서 일기를 쓰기 시작했다. 더 나은 삶을 살기 위해서.

– 이○숙

입원의 기억

저는 일찍 병이 찾아왔습니다. 24살 꽃 같은 나이에 병에 대해 아무것도 모르고 부모님과 함께 병원에 찾아가게 되었습니다. 처음에는 엄마가 아프니 곁에서 제가 간병을 해야 한다고 했습니다. 저는 엄마의 보호자로 간병을 하기 위해 잔뜩 짐을 꾸려 병원을 찾아가게 되었습니다. 그런데 병원에 도착하고 보니 아픈 것은 엄마가 아니라 저라며, 입원을 해야 한다는 현실이 놀랍고 무서웠습니다. 그런데 입원 후 오히려 마음이 편안해졌습니다. 나와 함께 입원해 있던 환우들은 정신적으로 병이 있을 뿐 나쁜 사람들은 아니었기 때문입니다. 친절한 치료진과 환우들 덕분에 치료의 시작에 대한 저의 첫 기억은 그리 나쁘지 않았습니다.

- 고○정

Canon EOS 90D | F/5.6 | 1/13s | ISO-1600 |

증상 이름 짓기 - 나의 병 '구름이'에게

나의 병에게 이름을 짓는다면 뭉게구름처럼 계속 나타나지만 '빨리 지나갔으면' 하는 바람으로 '구름'이라고 이름을 짓고 싶습니다.

'안녕하세요. 구름님을 처음 알았을 때 몹시 당황스러웠어요.'

병을 왜 갖게 되었는지 처음 접해 본 경험이라 내가 무슨 증상이 있는지 천천히 나를 돌아보게 되었어요.

구름님에게 말로 시달렸을 때 처음에는 귀신이 말을 거는 줄 알고 무서웠습니다. 어디서 떠드는 소리인지 무시하려고 했지만 나의 머리를 지배하고 있는 구름이를 쉽게 떨쳐 버릴 수가 없었어요. 이어폰을 꽂고 노래를 듣고 또 들었지만 거기서도 노래와 상관없이 또 다른 말이 들리는 것은 아닌지 망상이 왔지요. 머리도 멍해지고 밤, 낮, 아침 가릴 것 없이 찾아오는 구름이 녀석 때문에 주변 사람들은 나를 무속인에게 데려가기도 했습니다. 결국 정신병원에 입원도 해 보고 약도 꾸준히 복용하게 되었지요.

구름이 너와 함께해야 한다는 것을 인정하기까지 힘들었지만 이제는 함께 살아가는 법을 찾아가려 해. 구름아! 말소리가 들리거나 별일 아닌 일에 화끈거리게 되는 피해의식은 사라졌으면 해. 그리고 가끔씩 나를 붙잡는 무기력도 마찬가지야. 구름이 너를 만난 뒤 난 다시 강해지기 위해 노력하고 있어. 모든 것을 긍정적으로 생각하게 해 줘서 고맙고 그 덕분에 삶이 바뀌게 되어 고마워. 아무쪼록 구름처럼 빨리 지나갔으면 해!

– 이○숙

증상 이름 짓기 – 나의 증상 '불안이'에게

불안아. 너와 처음 만난 게 마지막으로 입원생활을 마치고 퇴원해 사회에 나왔을 때인데, 난 많이 당황스럽고 억울하기도 하면서 여러모로 힘들었단다.

불안아. 너에게 내 속마음을 얘기하자면 나에게는 가족도 있고 친구들도 있고 소중한 이들이 있는데, 이들과 함께 즐거운 시간을 보내고 있을 때 나에게 노크도 없이 불쑥 찾아올 때 난 생각이 복잡해진단다. 가급적이면 너와 나 우리 모두를 다 전적으로 이해할 수 있는 사람들과 있을 때만 내 앞에 나타나 주겠니? 그러면 내가 한결 편안해질 것 같다.

불안아. 내가 너에게 해 주고 싶은 말이 있어. 정신병원에 입원하는 것보다는 그래도 사회의 맛을 누리며 자유 속에서 너와 함께하는 것이 더 낫단다. 나에게는 마음의 병이라는 오랜 친구가 있는데, 서로 우여곡절이 많았었지.

불안아! 어차피 함께할 거라면 내가 널 인정하고 편안하게 받아들일게. 마음의 병이 내 모습이라면 불안이 넌 나의 삶의 일부분이야. 우리 앞으로 긍정적으로 잘 지내자!

– 최○호

증상 이름 짓기 - 안경쟁이 '욱신이'에게

　수많은 안경을 쓴 욱신아! 너는 왜 걸을 때마다 기분을 이상하게 만드니? 왜 항상 부모님 눈치를 보면서 야심한 생각을 갖게 만드니? 엄청 귀찮아.

　밖에 나갈 때마다 신경 쓰여서 정신을 못 차리겠어. 그래서 잠도 잘 못 자. 감기도 또 걸렸잖아. 일상생활에서 내 생각을 또 지배할까 두려워. 이제는 그만 화내자꾸나. 이제 야심한 생각은 그만하고 나에 대해 곰곰이 생각해 보자. 그동안 친구들 생각하느라 고생 많았어. 이제는 밖에 나가서 다시는 안 좋았던 일에 대해서는 이야기하지 말자. 다 지나간 과거야. 나의 희망찬 미래만 생각하자. 그리고 야심한 생각 하다가 걸리지 말자.

- 홍○택

증상 이름 짓기 - '마귀할멈' 나를 또 못살게 구네

'마귀할멈아! 너는 왜 내가 가는 곳마다 쫓아다니니? 예전에 살던 집에서도 그렇게 나를 못살게 하더니, 새로 이사 온 집에서도 나를 불안하게 만들고 스트레스를 주니? 나는 집에만 들어가면 층간소음으로 인해 불안해. 나의 안식처가 되어야 할 집이 불안해하면 안 되는 거잖니?'

예전에 의사 선생님께서 말씀하셨다. 나의 증상은 이사를 가도 마찬가지라고. 그 뒤로 나는 그 증상을 이겨 보려고 무던히도 노력했다. 집에 있을 때 불안해지면 무조건 밖으로 나갔다. 집 앞 공원으로 가 환기를 시키고 조금 안정되면 또 집으로 들어가고를 수차례 반복했었다. 예전에 비하면 훨씬 나아졌지만 아직도 불안하다. 나는 소음에도 약하다. 오토바이 소리, 자동차 소리, 경적이 크게 울리면 불안하고 엘리베이터 탈 때도 무섭고 두렵다. 낯선 곳에 가는 것도 불안하고 두렵다. 마귀할멈 증상을 없애려면 약의 mg 수를 늘려야 하는데, 약을 늘리면 또 다른 증상이 올라온다.

'마귀할멈아! 나는 회복하려고 무던히 노력하는 것 너도 알고 있잖니? 내가 꾀부리고 게을리하지 않고 최선을 다했다는 것을 너도 알잖니?' 남은 여생은 편안하게 살 수 있도록 나를 좀 도와주려무나.

- 최○희

Canon EOS 90D | F/5 | 1/20s | ISO-1600 |

간절한 바람

나는 회복을 간절히 원하고 희망하고 기다린다.

'약을 먹고 어느 정도 좋아졌고 기다리지만, 언제쯤 완치될까?'

'설마 평생 이렇게 살아야 하나?'

더뎌지는 회복 속도는 나를 불안하게 한다. 어째서 나에게 이런 병이 왔을까? 그저 운이 나빠서 그런가 보다. 조현병이라는 병명을 알게 되었지만 그걸 알았다고 회복이 찾아오지는 않는다. 다행인 것은 지금 의료와 과학 기술이 빠르게 발전하고 있다는 것이다. 수십 년이 지나면 완치될 방법이 나오게 될까? 사실 나는 회복을 오로지 기술 발전에 기대하고 있다. AI가 나를 회복시켜 주면 좋겠다. AI는 무섭지만 궁극의 기술이다. 혹시 회복을 넘어 AI에 의해 정말 살기 좋은 세상이 만들어지진 않을까?

내가 죽기 전엔 그러지 않을까?

　그렇다, 나는 조현병 환자이다. 이런 터무니없는 망상을 하는 걸 보면 병자가 확실하다. 지푸라기라고 잡고 싶다. 그런데 AI 세상은 꽤 기대할 만하지 않나? 나에겐 아직 시간이 많다. 체감상으로는 꽤 오래 산 것 같은데 난 아직 스물다섯 살이다. 회복을 기다릴 수 있는 나이이다. AI 천국에 희망을 걸 수 있는 나이이다. 이런 망상은 나에게 희망을 준다. 망상이라고 다 나쁜 건 아닌 것 같다. 나는 회복하고 싶다.

　조현병은 발병하는 이유가 정확히 알려지지 않았다고 알고 있다. 정확한 연도는 모르지만 고등학교 때 환청과 환시가 나타났고, 2021년 초부터 9월까지 망상에 빠져 있었다. 특별한 사건 때문에 발병한 것은 아닌 것 같다. 그런데 조현병 이전 중학교 때부터 자립에 대한 공포를 느꼈고, 내 자립 능력이 초등학생 수준에서 멈춘 것 같았다. 지적장애도 아니고 정신연령이 어린 것도 아닌데 자립 능력이 낮은 건 대체 무슨 병인지 감도 잡히지 않았고, 세상에 알려진 병도 아닌 것 같았다.

　다행인 것은 남들보다 한참 뒤지지만 나의 자립 능력이 조금씩은 좋아지기 시작했다는 것이다. 몇 년 전까지만 해도 스스로 자립하는 것이 매우 어렵다고 여겨졌는데 지금은 그 정도는 아닌 것 같다. 자립하기 어렵다는 생각이 들게 된 데에는 내가 겁이 많은 것도 한몫했다. 어쨌든 내 생각에 내가 조현병에 걸리게 된 이유는 자립에 대한 공포 때문인지, 아니면 그냥 돌연변이 때문인지 모르겠다. 이 세상엔 생각보다 아픈 사람들이 많은 것 같다. 물론 돌연변이도 이 세상에 꽤 많다. 어떻게 발병했든 이 난치병이 치료되면 좋겠다.

- 송○우

Canon EOS 200D II | F/5.6 | 1/2500s | ISO-100 |

동병상련

언제 치료가 될지 모르는 병을 안고 산다.

참 많은 인내를 요구하는 병이다. 때론 무기력으로 버텨 내고 하루하
루가 길고도 짧다.

정신병원에 처음 갔을 때 혼자서 병원이란 낯선 곳에서 여러 명의 남자보호사가 위엄 있는 모습으로 등장했고 간호사가 와서 주사를 놓았던 것 같다. 깨어 보니 옷이 탈의되어 환자복으로 입혀져 있고 목걸이, 귀걸이 등이 제거되어 있었으며 알 수 없는 다른 환자들이 있는 무리 속에 섞여 있었다. 세상에 이런 곳이 있다는 것에 놀랐고 나의 병을 그대로 인지하지 못해 병원에 입원하게 된 것에 대한 공포와 무엇을 위해 먹는지도 모르면서 매일 먹어야만 하는 약들에 따라 신체적인 변화를 겪었다. 약을 제대로 먹지 않아 환청도 들렸는데 그런 상황도 무서웠다.

　다른 환자 중엔 감정 조절이 안 되는 환자가 있었는데, 그럴 때면 여러 명의 보호사에게 끌려갔고 그런 상황을 볼 때마다 공포스러웠다. 약을 복용한 후 수면이 많이 늘었다. 잠을 자도 끝없이 늘어짐을 느낀다. 나이가 들어서 한 해, 두 해가 지날수록 약의 개수도 늘어 간다. 센터에 나와서도 피곤해하는 다른 활동가를 이해한다. 가끔 멍때리는 활동가도 이해하고 어휘의 꼬임도 이해한다. 이젠 동료들을 판단하기보다는 약을 복용한 후 변화된 모습에 대해서도 이해하게 된다. 난 겨우 삼 년 넘게 약을 복용했지만 십여 년 넘게 약을 복용하고 있는 사람들에게 병과 함께 보낸 세월을 참 많은 인내심으로 잘 버텼다고 지지해 주고 싶다.

　같은 병을 앓고 있기에 우리끼리 이해되는 증상들에 대해 동정을 표하며 매일매일의 삶에 서로의 이해가 오늘의 힘이 되었으면 한다.

- 소〇미

번외편 1

증상을 이겨 내는

나만의 꿀 Tip

Canon EOS 200D II | F/5.6 | 1/125s | ISO-100 |

증상 관리 꿀 Tip 1

2023년 3월, 나의 인생은 또 다른 국면으로 접어들었다. 한참 정신적으로 힘든 시기였고, 혼란스러웠다. 나의 내면에서 여러 사람, 영혼들이랑 교감하는 것 같았다. 그래서 혼잣말을 하기 시작했고 이것이 환청이라는 것을 나중에 알게 되었다. 환청뿐만 아니라 보이지 않던 사물들이 보이기 시작했으며 검은 망토를 쓴 형태의 사람을 보게 되었다. 인생에서 처음 보는 형상이 보이니 깜짝 놀랐던 기억이 있다.

시간이 흘러 부모님이 내가 혼잣말하는 것을 보시고 그제서야 병원에 데려가셨다. 나는 이 상황(환청, 환시)들이 무언가 조금 이상했지만 다른 사람들도 다 같이 보이고 들리는 줄 알았다. 혼잣말을 할 때는 노래를 듣거나 따라부르면 사라지곤 했던 것 같은데 특히 노래를 따라부르는 것이 혼잣말을 멈추는 데 효과적이었다. 한번은 산책을 나간 적이 있는데 강아지의 목줄을 보고 나도 어디로 목줄을 달고 끌려가는 것이 아닐까 걱정했던 적도 있다. 모든 사물과 사람들의 행동을 보며 자기 멋대로 상상하기도 했고 약물 치료를 받으며 정신을 다잡을 때까지 이런 망상들이 깨어지지 않아 힘든 적도 많았다. 그럴 땐 노래를 들으며 걷기 운동을 했고 운동에 집중하며 망상과 잡생각을 이겨 낼 수 있었다.

- 유○지

증상 관리 꿀 Tip 2

내 증상은 환청과 망상이다. 환청은 누군가 나에게 협박하고 싸우자는 내용이다. 망상은 관계망상, 피해망상이다. 관계망상은 누군가 관계없는 사람을 관계있다고 느끼는 것이다. 피해망상은 누군가 싸우자고 하는 내용이다. 나는 현재 환청과 망상을 없애 주는 약을 복용하고 있다. 그런데 이 약이 부작용이 조금 있다. 입이 마르고 가끔 머리가 어지럽다. 주치의한테 부작용을 말하니 약을 줄여 주었다. 앞으로는 부작용이 있는 경우 주치의한테 적극적으로 말하고 처방을 받아야겠다.

나는 잠이 안 오고 혼자 외로울 때 집 밖으로 나가 걸으면서 산책을 하면 기분전환도 되고 좋았다. 가끔 커피숍에 혼자 가서 아이스 아메리카노를 마시면서 쉬는 시간을 갖는 것도 외로움을 이기는 좋은 방법 같다. 혼자 영화관에 가서 영화도 본 적이 있는데 영화가 재미있고 시간도 잘 가서 외로움을 이기는 데 도움이 되었다. 초저녁에 잠을 자서 밤에 잠이 안 올 때가 있는데, 그런 때는 집 밖으로 나가서 유튜브 음악을 들으며 걸으니 기분도 좋아지고 운동도 되어 다시 집으로 돌아왔을 때는 잠이 잘 온다. 증상으로 기분이 안 좋을 때는 유튜브 음악을 들으면서 쉬는 시간을 가지는 것도 증상을 이기는 좋은 방법 같다. 산책을 하고 집에 들어와 샤워를 하면 온몸의 피로도 없어지고 증상도 좋아져 밤에 잠도 잘 오고 건강에 좋은 것 같다. 평소 많이 걷는 것이 조현병 증상을 이기는 좋은 방법 같다.

- 김○호

주치의 선택과 입원 생활 꿀 Tip

정신과에 갈 때 어떤 선생님으로 선택해야 할지 고민이라면 원장님에게 상담을 받으라고 말하고 싶다. 원장님이어서 여느 의사 선생님처럼 그만두었을 때 바뀌지 않고 지속적으로 진료를 받을 수 있기 때문이다. 증상 관리는 1순위가 약물 치료이다. 약 부작용도 경험해 보았고 정신과 약에 대한 거부감, 불편감도 있었지만 약을 통해 증상이 나아지는 것을 경험하면서 받아들이게 되었다.

입원 치료를 길게 하면서 이제 약 먹는 데는 도가 텄다. 만약 입원 치료를 해야만 하는 상황이라면 먹을 것을 많이 가지고 있는 사람들이랑 어울리면 좋다고 알려 주고 싶다. 또한 같은 병명을 가진 사람들과 이야기를 나누고 서로의 행동을 객관적으로 볼 수 있는 안목을 기르는 것도 회복에 도움이 된다고 말하고 싶다.

입원 후에는 최대한 병원의 매뉴얼 대로 따라서 행동하면 된다. 퇴원하는 것은 시간문제이기 때문이다. 또 증상이 나타날 때는 바로 주변의 사회복지사님, 주치의 선생님과 상의하고 나의 상태를 정확히 말하는 것도 꿀팁이다. 증상이 생길 때마다 나는 휴대폰 메모에 적는다. 그리고 해결 방법을 생각해 보고 노력한다. 마지막으로 사회재활시설에 나가라고 말하고 싶다. 처음에는 사람들 만나는 것이 어색했고 낮시간을 어떻게 보내야 하나 막막했었다. 그런데 나도 모르게 점차 센터에 적응하게 되었다. 나와 같은 정신질환, 정신적으로 아픈 사람들과 소통하며 차츰 나의 병도 다시 알아 가게 되고 내가 모자란 부분을 채울 수 있는 새로운 경험을 할 수 있어 좋았다. 특히 정서적으로 많은 안정감을 주기에 동광 임파워먼트센터는 없어서는 안 될 존재인 것 같다.

- 이○숙

빠른 퇴원(회복)을 위한 꿀 Tip

　나는 정신병원에 오래 있었습니다. 35년간 정신병원에 들락날락하였습니다. 그래서 저만의 노하우가 있는 편입니다. 지금은 요령이 생겨 어떻게 하면 재발을 안 하게 되는지, 또 입원하게 되면 어떻게 해야 퇴원을 빨리할 수 있는지 어느 정도 대처할 수 있게 되었습니다. 그래서 저만의 꿀팁을 말씀드리고자 합니다.

　먼저 퇴원을 빨리할 수 있는 방법입니다. 환자들 사이에서 모범이 되어야 합니다. 솔선수범해 병동 내 공동생활에서 필요한 일들을 먼저 해야 합니다. 물론 몸이 좀 고되기는 합니다. 또 병원 내 프로그램에 잘 참석하고 주치의 말을 잘 들어야 합니다. 부모님과 공중전화로 자주 소통하고 병원 간식은 적게 사 먹는 것이 좋습니다.

　다음은 퇴원 후 재발하지 않는 꿀팁입니다. 가장 중요한 것은 약을 잘 먹는 것입니다. 정해진 시간마다 꾸준히 먹는 것이 중요합니다. 또한 과거에는 나 자신을 탐탁지 않게 생각했었습니다. 어려서는 남보다 잘하는 것도 없고 우울했었습니다. 그런데 발병하고 공동체 생활을 하다 보니 남들과 많이 소통하고 공유해 보는 습관이 생겼습니다. 그래서 지금은 우울하지 않고 나도 잘할 수 있는 것이 있다는 것을 표현할 수 있게 되었습니다. 앞으로 한 발 더 내딛기 위해서는 다소 마음에 들지 않았던 과거의 나 자신을 용서하고 받아들일 수 있어야 합니다.

- 김○우

약물 관리와 재활을 위한 꿀 Tip

작은 사회가 가족이다. 가정에서 사랑을 제대로 받지 못하면 사랑의 결핍으로 뭔가 부족한 점이 생기는 것 같다. 사랑받지 못하고 아픈 사람들에게 따뜻하게 대해 주어야 한다. 나는 21살 때 조현병이 찾아왔다. 한 달 간의 입원 치료 후 퇴원할 때 사람들은 이 병은 평생 약을 먹어야 하는 병이라고 말했다. 나는 그 소리가 너무 기가 막혔다. 나는 나의 병을 부정하며 약을 중단했고 서서히 증상이 나타나기 시작했다. 나는 여지없이 재발 되었고 병을 고치기 위해서는 나의 병에 대한 점검이 필요하겠다고 생각했다. 특히 내가 주목한 부분은 약을 중단하였을 때 반드시 재발이 된다는 것이었다. 나는 그때부터 약을 꾸준히 복용하였고 약에 대한 부작용이 있거나 증상의 조절이 조금 부족하다고 느껴질 때면 주치의 선생님과 적극적으로 상담하고 조율하며 나에게 맞는 종류의 약과 적정량을 찾기 위해 노력했다. 그 결과 나는 20년째 재발하지 않고 자립생활을 잘 유지하고 있다.

두 번째는 재활 시설에 나가 사람들과 어울리고 소통하며 지역사회 안에서의 재활에 힘써야 한다는 것이다. 나는 동광에 18년째 출석하고 있다. 물론 최근 권태기가 와서 잠시 힘들기도 했다. 친구나 회사나 모든 곳에는 만남이 있으면 헤어짐도 있다지만, 나는 동광을 만나 동광을 통해 수많은 경험을 쌓고 나의 끼도 발휘하며 사람들과 함께 성장하였다. 이제는 어느 정도 혼자서도 잘 지낼 수 있다고는 하지만 내가 속해 있는 울타리와 헤어진다는 것은 너무나 큰 일이다. 그래서 나는 초심으로 돌아가 처음의 설렘과 기대를 기억하며 지금의 내가 누리는 이 회복이 유지될 수 있도록 오늘도 센터에 나와 있다.

- 최○용

어색한 대인관계를 위한 꿀 Tip

정신병에 걸린 후 말수가 많이 줄었다. 그러다 보니 대인관계가 많이 좁아졌다. 젊을 때는 가정 방문교사로 일했기 때문에 많은 아이와 학부모를 만났으며 다양한 이야기를 나누었다. 하루 종일 떠들어서 집에 오면 녹초가 되기 일쑤였다. 정신병의 치료약을 복용한 후 많이 어눌해졌으며 얘기하는 것도 힘들고 귀찮아졌다. 그러다 보니 타인에 대한 관심도 줄어들었다.

어찌하다가 동료 지원가가 되었다. 소극적으로 있던 내가 누군가를 만나 상담, 즉 얘기를 하게 되었다. 평소대로였다면 데면데면 지냈을 텐데 동료 지원을 하면서 상대방에 대한 관심이 커졌고 상대를 위해 기도하기 시작했다. 성격이 여성 친화적이라 성이 다른 남성과 잘 지내는 것이 어려운데, 동료 지원가로 남성분 동료 지원을 하게 됐을 때도 먼저 다가가는 나를 볼 수 있었다.

정신과 약을 복용한 후 말수가 줄어들고 대인관계가 좁아졌다면 동료 지원 대상이 되거나 동료 지원 교육을 받고 동료 지원가가 되어 보라고 권유하고 싶다. 처음에는 어색했던 사이가 동료 지원 횟수를 거듭할수록 친분이 생기고 인간관계도 회복되는 것을 느낄 수 있다. 서로의 힘든 시간을 나눔으로써 서로에 대해 알아 가며 상대방에게 좋은 친구가 되기 때문에 동료 지원 활동을 추천하고 싶다.

- 소○미

3부

아픔의 시간 별이 되다!

누구에게나 인생은 처음이기에
서툴고, 때론 두렵고, 실수투성이지만
우리는 결국 삶의 의미를 찾기 위해
기꺼이 걷고 또 걷습니다.

막다른 길에 들어선 우리는
다시 걷기 시작했습니다.
받아들이고, 도전하고, 그러다 또 실패하길 반복하지만
상처는 흔적을 남겨 우리를 성장시키고
아픔의 시간은 별이 되어
우리의 길을 밝게 비춥니다.

Canon EOS 90D | F/4 | 1/1250s | ISO-200 |

첫 발걸음

동광임파워먼트센터에 처음 오게 된 시작은 정신건강복지센터의 한 사회복지사님의 권유 덕이었다.

병이 나타난 시점은 21년 3월, 그 후로 3년 여의 시간을 집에서 보냈다. 혼자만의 시간이 아주 많았고, 하루하루의 시간이 무의미하게 흘러갔다. 그때 가장 많이 한 생각이 "인생을 지금 마친다면 참 완벽하겠다." 이다.

많은 이가 지금은 잠시 터널 속에 있는 것이라고, 금방 좋은 일이 생길 것이라고 했지만, 나에게는 동굴과 같은 시간이었다. 어둠이 계속될 것만 같았다.

그 생각의 변화를 가져온 계기가 동광임파워먼트센터에 출석하면서 일상생활을 할 수 있게 된 순간이다. 어머니 외에 대화 상대가 생긴다는 것, 눈을 뜨고 갈 곳이 생긴다는 것, 웃을 일이 많아진다는 것.

동광임파워먼트센터에 출석하면서 얻는 것들이 많아졌다.

이런 삶이라면 더 살고 싶어졌다.

- 최○원

나는 나의 진단명을 용서하기로 했다

난 나의 병을 용서하기로 했다. 처음 무슨 병인지 몰랐을 때 나의 불찰과 과했던 행동들, 나를 괴롭히는 환청들. 그 때문에 병원에 행정입원을 하게 되었지만, 그때 처음 나의 진단명을 '편집 조현병'이라고 한 의사를 용서할 수 없었다.

'그 많은 진단명 중 편집 조현병이라니.'

나는 처음에 무슨 병인지 몰랐다. 난 진단이 내려진다면 우울증일 거라 생각했는데 주치의가 돌팔이 아닌가 싶었다. 병원에 입원하는 기간이 길어지면서 마음이 조급하고 무서웠다. 나의 진단명이 편집 조현병이라는 것도 용서할 수 없었다. 나 자신의 나약함, 몸과 마음이 강하지 않아서 생긴 병일 것이라고 생각했다. 현재도 어느 부분은 인정하지만 어느 부분은 모르겠다.

하지만 내게 들렸던 환청이 서서히 사라지기 시작하면서 의사 선생님이 돌팔이는 아니구나 생각하게 되었다. 조현병으로 병원에서 4~5개월가량 입원 치료 후 퇴원하여 시설에 입소했다. 기관에 가서 밥도 잘 먹고 약도 먹고 잠도 잘 자고 프로그램에 참여하면서 긍정적인 생각도 하게 되었다. 편집 조현병을 얻고 나서 삶의 변화가 일어나는 또 다른 인생의 길이 열린 것이다.

나는 현재 공동생활에서 자립을 위해 훈련 중이며 동광임파워먼트센터에 다니며 새로운 경험과 지식을 쌓고 있다. 내게 조현병이라는 진단을 내려 준 의사는 돌팔이도 아니었고 망상에 사로잡혀 나를 괴롭혔던 조현병은 또 다른 인생 2막이 열리게 해 주었다. 나는 이제 나의 병을 용서하고 받아들이기로 했다. 지난날의 나의 모습을 반성하고 앞으로 병과 함께 남은 일생을 잘 보낼 수 있도록 노력할 것이다.

- 이○숙

과거의 나를 용서하기로 했다

나는 '과거의 나'를 용서하기로 했다. 편집 조현병에 걸리기 전에 나는 누군가를 시기, 질투하고 미워하고 있었다. 그 사람은 나에 대해 어떻게든 도와주려고 했던 것이었는데 내가 부족하여 그 사람의 행동을 오해하고 미워했다. 지금 과거를 돌이켜보면 나는 나 자신을 많이 미워했던 것 같다. 스스로를 미워하고 사랑하지 못해서 자학까지 간 적도 많았다. 시간이 지나고 나니 지금은 미워했던 그 사람을 용서하게 되었다. 나의 과거 행적들을 용서하기로 했다. 받아들이고, 깨닫고, 용서하는 과정이 없었다면 편집 조현병 증상이 완화되지 않았을 것이다. 불안증세가 완전히 가라앉아 있는 상태는 아니지만 전에 비하면 많이 좋아졌다. 과거의 나를 용서하기까지 오랜 시간이 걸리기는 했지만, 지나온 시간들이 힘들고 어려웠던 만큼 나에게는 꼭 필요한 시간이었다.

병원 입원 생활 중 명상 프로그램에 참여하면서 "나 자신을 내려놓고 평온하게 있어야 된다고 합니다."라는 말이 마음속에 들어와 나 자신의 과거 행적들을 돌아볼 수 있었다. 돌이켜보면 별것 아닌 것으로 스스로를 상처 주고 있었다. 과거의 '내가 어리고 미성숙했구나.'를 느낄 수 있었다. 현재는 동광을 열심히 다니면서 재활을 하고 있다. 웃으면서 점심시간에 산책을 다닐 수 있게 되었다. 나 자신을 용서하고 과거 행적들을 발판 삼아 앞으로 나아가는 것이 소중하다고 느꼈다.

- 정○지

나는 나를 용서하기로 했다

나는 내가 제일 못나고 못됐다고 생각하고 있다. 20대를 조울증 때문이기는 하나 너무 나만 생각하며 살아왔고 그때 당시나 지금이나 부모님께는 못된 딸이기 때문이다. 그저 아빠와의 싸움이 싫어서 마음대로 집을 나와 대출을 받고 집을 구해 흥청망청 돈을 쓰고 다녔다. 직장을 구해도 약을 꾸준히 먹지 않아 3개월을 버티지 못하고, 그렇게 돈이 끊기면 안 좋은 방법들을 써서 돈을 빌리는 악순환이 반복되었다. 그리고 약을 안 먹게 되면 성격도 행동도 못되어지는 면이 있기에 지금은 약을 꾸준히 먹고 있다. 예전의 나를 생각하면 나 자신이 생각해도 용서가 안 됐었다.

그러다가 지금까지 흘러왔는데 요즘은 나를 돌아보면 안쓰럽다. 후회가 많이 된다. 그때 조금만 착하고 성실히 살았으면 지금의 나는 달라지지 않았을까? 지금처럼 빚도 없고 가족들과 본가에서 생활을 하며 즐겁게 잘 지낼 텐데 말이다. 허나 과거를 돌이킬 수는 없다. 그래서 나는 나를 용서하려 한다. 과거는 현재 나에게 나침반이 되어 줄 것이고, 나는 올바른 방향으로 나아가며 나 자신을 채찍질하던 것을 멈추고 나를 아끼고 사랑할 것이다. 이전의 나를 용서하고 스스로를 존중하며 살아갈 것이다. 나를 용서해야만 온전한 나로 잘살아갈 수 있을 것 같기 때문이다.

- 김○연

깨달음

처음 "아!" 하고 깨달음을 얻게 된 건 수간호사님과 주치의 선생님의 말 한마디에서였다. 그땐 병원에 입원을 하고 가족들과도 사이가 좋지 않았을 때였다. 그냥 그때는 모든 것이 다 원망뿐이었다. 나에겐 병식도 내 행동에 대한 책임감도 없던 무방비 상태였는데 "왜 나는 병원에 있어야 하지?", "아빠, 엄마, 가족들은 날 방치하고 버렸어."라는 생각에 사로잡혀 있었다.

그렇게 병원에서 하루하루를 보내다가 잠깐 수간호사님과 대화를 했는데 내용은 아빠와의 욕설이 섞인 대화였다. 그 당시엔 나도 아빠에게 입에 담지 못할 욕도 서슴지 않는데 그때 수간호사님이 딱 한 마디를 하셨다.

"아빠가 욕한다고 네가 욕을 해서야 되겠니? 그래도 부모님이잖니."

이 말은 누구나 할 수 있고 당연한 말이었다. 그러나 그 말을 들은 나는 무척 부끄러워지면서 고개를 들지 못했다. 깨달음이었다. 그렇다. 부모님은 당연히 존중받고 내가 감사해야 하는 사람인 것이다. 그런데 욕설을 퍼부었으니 나는 '불효녀'였다.

그날 이후로 병원에 있으면서 남아도는 시간 동안 많은 생각을 했다. 내가 이렇게 생각을 하는 시간에도 아빠, 엄마는 손님들의 비위를 맞추며 일을 하거나 상사의 불호령에 맞추어 고되게 일을 하며 돈을 벌고 있을 테고, 그 돈으로 내 병원비와 약값을 내고 계실 것이다. 30살이 넘은 난 부끄러웠다. 그렇게 날 위해 도움의 손길을 주시고 내 손을 잡아 주시는 부모님께 늘 원망만 했으니 말이다. 그래서 난 변화를 다짐했다. 노력을 할 것이다. 무엇이든 미친 듯이 노력해서 경제적으로 독립을 할 것이고 정신적으로 잘 관리하며 부모님의 도움 없이 홀로 설 수 있도록 말이다. 그리고 나의 소중한 가족을 사랑하리라! 존중하리라! 아껴 주리라! 앞으로 병식을 하나둘 더욱 견고히 쌓아 가며 병을 다스린다면 부모님도 정말 좋아하실 것 같다. 그래서 나는 첫걸음을 내디뎌 보았다.

- 김○연

약에 대한 거부감을 극복하다

작년 9월에 발병해서 편집 조현병이 걸렸다는 사실을 알았다.

처음에는 환각, 망상 증상이 있어 병원에 입원하기 싫어 했다. 결국 입원해서 9주 동안 치료를 받게 되었다. 치료받는 과정 중에 도망치고 싶었던 적도 많았다. 조현병 약을 먹고 다리가 저릿하던 느낌, 망상 증상이 줄어들어서 좋았지만, 정신과 약을 복용한다는 사실이 버겁게 느껴졌기 때문이다.

그런데 입원 후 2주가 지나 듣게 된 말 한마디로 나는 치료의 첫발을 내디딜 수 있었다. 프로그램 시간에 약물에 대한 불편감을 토로하였는데 옆에 있던 다른 환자가 질문에 대답을 해 주었다. "약은 나를 힘들게 하는 것이 아니라 지지해 주는 역할이에요."라고 말이다. 그 말을 듣는 순간 약에 대한 부정적인 반응을 이겨 낼 수 있었고 남은 7주 동안 병원 생활을 잘 이겨 내고 퇴원할 수 있었다.

퇴원한 후 동광임파워먼트센터와 A 정신건강의학과를 다니게 되었다. 동광임파워먼트센터에 다니면서 바리스타 2급 자격증을 딸 수 있는 기회가 왔다. 자격증을 따는 과정은 나도 할 수 있다는 자신감을 가지게 되는 계기가 되었다. 자격증 취득 후 비장애인 취업 활동 연계로 예손병원, 히즈빈스 카페에서 9주간의 실습 후 약 4개월 동안 일을 할 수 있게 되었다. 일을 하면서 같이 일하는 동료들이 나와 비슷한 질병이 있지만 잘 이겨 내고 열심히 일하는 모습을 보며 '나도 사회생활을 할 수 있겠구나!'라는 자신감을 얻게 되었다. 약을 영양제처럼 생각하고 꾸준히 먹으면서 스스로의 장점을 찾아 열심히 노력한다면 나도 다른 사람과 같이 평범하게 일상생활을 할 수 있을 것이다.

- 정○지

Canon EOS 200D | F/13 | 1/400s | ISO-800 |

나와 마주하던 순간

  정신과 병원에 입원했을 때 여러 환자와 함께 생활하는 것이 다소 불편했고, 병실 밖 로비에는 다른 병실에 있는 환자들로 가득 차 있었다.

  내가 무슨 병인지, 또 어떤 병원을 가야 할지 몰랐던 시기에 행정입원의 형태로 정신병원에 입원됐다는 그 사실은 충분히 공포스러웠고, 언제 나갈 수 있는지를 알 수 없다는 사실은 나를 불안감에 휩싸이게 했다.

  나는 내게 있는 증상들을 체크해 보며 스스로의 병명을 점쳐 보기도 했는데, 편집 조현병이라는 진단이 맞는 것 같기도 했지만 한편으론 왜 다른 병이 아닌 조현병인지 아쉽다는 생각도 들었다. 병원에 입원했을 때 서로의 진단명은 다르지만 다른 환자들과도 의사소통이 되고 친해질 수 있다는 것에 무척 놀랐다. 그러나 소통이 되지 않는, 증상이 심해 보이는 환자들을 마주할 때면 '나도 더 심해지면 저분들처럼 되지 않을까?' 걱정되고 불안한 마음이 생겼다. 다른 환자들이 증상 때문에 힘겨워하는 모습을 보며 나는 저렇게까지는 되지 않기를 바라고 또 바라며 병원에서 하라는 대로 따르기 시작했다.

프로그램에 참여하라면 하고 밥도 입에 맞지 않았지만 약을 먹기 위해 규칙적으로 먹었다. 그때까지는 약을 복용하는 것에 부정적인 생각이 있었지만, 어떻게든 퇴원을 하고 싶은 마음에 변화를 다짐하게 되었다. 나는 우선 나의 상태를 자세히 돌아보기 위해 병원 입원 전후의 나의 일과, 나의 행동, 내가 한 말들을 다이어리에 기록하기 시작했다. 다이어리에 적힌 지난 기록들을 보면서 나의 모습을 반성하게 되었고 앞으로 내가 채워 가야 할 부족한 부분들이 보이기 시작했다. 나는 병원에서 퇴원한 후에도 가끔 다이어리를 읽는다. 새로운 환경에 놓여 걱정에 휩싸일 때마다, 편안해진 일상에 나태해질 때마다 다이어리에 부끄러운 기억으로 남지 않을 내가 되기 위해, 정신을 바짝 차리기 위해, 읽고 또 읽는다.

– 이○숙

회복을 향한 시작

나에게는 수많은 목표 중 한 가지 목표가 있다. 바로 정신적으로 회복되는 것이다.

나는 2023년 3월쯤 심하게 아팠던 적이 있다. 조현병, 조울증이 발병한 것이다. 물론 그 전부터 전조증상이 있었던 것 같다. 과하게 웃고, 환청과 환시, 망상에 시달리던 기간이 있었다. 조울증이 심했을 때는 잠을 4시간만 자도 피곤하지 않았던 시기가 있었고, 반면 하루 종일 잠만 자고 싶었던 기간이 있었다. 그렇게 상태가 점점 나빠져 폐쇄 병동에 입원하게 되었고 한 달간의 치료 후 점차 회복되어 퇴원하게 되었다.

퇴원하기 전까지는, 그리고 정신이 다시 돌아오기 전까지는 약 복용을 거부하고 내가 아프다는 것을 인정하지 않았었다. 폐쇄 병동에서 퇴원할 때쯤 병식이 생겨 그때부터 약도 꼬박꼬박 챙겨 먹게 되는 계기가 되었다. 이후 학교처럼 출퇴근하는 낮 병동을 3개월 다녔었다. 잠이 늘 많았던 내가 규칙적으로 활동을 하니 육체는 피곤했지만, 회복에 있어서는 효과적이었던 것 같다. 힘들더라도 활동적으로 생활하며 살아가면 좋을 것 같다. 물론 회복에 큰 힘이 되는 운동의 끈도 놓지 않을 것이다.

- 유○지

할 수 있는 것부터

사람에게 미래를 볼 수 있는 마법 같은 능력은 없다.

다만 가까운 미래는 예측할 수 있다.

물잔 가득 물을 채우려 할 때 매일 한 스푼씩 물을 담다 보면 언젠가는 물잔이 채워지는 '성공의 경험'을 하게 될 것이다.

우리는 그러한 경험을 바탕으로 다음번에 물을 채우려 할 때는 물의 양이 얼마나 필요한지, 스푼으로 물을 채우는 데는 얼마의 시간이 필요한지를 예상할 수 있게 된다. 나는 새해가 되었다고 특별한 계획을 세우고 새로운 마음가짐으로 희망찬 새해를 맞이하는 성격은 아니다. 단지 오늘 하루, 지금 이 시간, 물컵에 한 스푼씩 물을 담듯 작은 미래를 준비하며 묵묵히 실천할 뿐이다.

작은 물줄기들이 모여 때론 강물이 되기도 한다. 나를 정의하는 삶의 지표를 오스카 와일드의 말을 빌려 얘기하자면 "너 자신이 되어라. 오직 그것만이 너의 몫이다."라고 말하고 싶다.

- 장○희

Canon EOS 90D | F/4 | 1/20s | ISO-6400 |

나를 아껴 주는 방법 1

나는 지치고 힘들 때 육체적으로 힘든 것보다 '정신적으로 힘든 일'이 더 힘든 것 같다. 이 이야기는 정신적으로 힘든 어떠한 질병에 관한 이야기가 아니다. 인간관계에서 있을 법한 내용들을 이야기하는 것이다.

육체적으로 힘들 땐 쉬면 낫겠지만 정신적으로 힘들 때는 방법이 없는 것 같은 생각이 들 때가 있다. 육체와 정신은 이어져 있다고 하지만 가끔은 떨어져 나눠서 쉴 수 있다면, 그런 방법이 있으면 좋겠다.

내가 정신적으로 힘들다는 것은 사람들 사이에 치이고 부딪혀서 상처 받았을 때이다. 나는 무척 소심하고 여려서 조그만 일에도 쉽게 상처받는다. 그럴 때는 해결책이 있다. 부모님께 상담을 받는 것이다. 물론 항상 해결책이 있는 것은 아니다. 엄마는 약간의 비판적인 말에도 쉽게 상처받는 나에게 이렇게 말씀하신다. "네가 너무 순진하고 착해서 그러니 단단해져."라고.

그렇다. 나도 이 말에 매우 동의한다. 단단해지면 이런 일쯤은 아무것도 아니라고. 나도 단단해지고 싶지만, 자꾸 여린 마음이 나타나고 쉽게 단단해지지 않는 것 같다. 이런 마음이 들면 산책을 하거나 잔잔한 노래를 듣는다. 신기하게도 노래에 집중하고 걸음에 집중하게 되면 잠깐 부정적인 생각들이 사라진다. 수많은 여린 마음 사이에 어느새 노래를 흥얼거리며 걷고 있는 나 자신을 발견하게 될 때 그것이 나를 아껴 주고 있다는 증거가 아닐까?

- 유○지

나를 아껴 주는 방법 2

　나는 나를 아껴 본 경험이 없는 것 같다. 나는 자존감이 낮은 편이라 나 자신을 항상 한계치까지 몰아세운다. 그런 나를 아껴 주기 위해 '힘들 땐 포기할 줄도 알아야 한다.'고 스스로를 타이른다. 단편적으로 생각해 봐도 더 이상 즐겁지 않고 스트레스가 된다면 그만둘 줄도 알아야 한다는 것이다. 정말 최선을 다했다면 남 눈치 볼 필요도 없고 말이다.

　나는 과거에 노가다와 뱃일을 했었다. 노가다는 인력사무소에서 건설 현장으로 팔려 나가는 기분인데 나의 말을 듣고 누군가가 말했다.

　'팔려 간다'는 표현을 쓰지 말라고. 어쩌면 그런 사소한 단어 선택에서도 나는 나 자신을 신경 쓰지 못했던 것 같다. 그리고 배를 탔을 때 또 누군가는 이렇게 말했다. '뱃사람은 몸이 따뜻해야 한다'고. 그래서 나는 혹독한 뱃일을 하면서도 육지에 머무는 동안에는 뜨거운 물로 샤워를 하며 추위에 얼었던 몸을 녹였던 기억이 있다. 어찌 보면 뱃일은 굉장히 남들이 안 하려고 하는 몸이 고된 직업이지만, 뱃사람들은 하나같이 주인의식을 지니고 있었다. 내 기억 속 깨어 있는 의식과 순수한 마음을 지닌 뱃사람들은 칠흑같이 어두운 바다 한가운데서도 밝게 빛났다.

- 최○호

나를 아껴 주는 방법 3

예전에 나는 가족들과 사이가 좋지 않았다.

늘 가족들과 언성을 높이며 싸우는 게 일상이었는데, 그중 아빠랑 제일 많이 싸웠다. 정말 별것도 아닌 일로 신경이 예민했던 나는 짜증을 잘 부렸고 아빠는 내가 아파서 그런 것을 아시긴 하지만 끝내 이해하지 못하고 언성을 높이셨다. 소리를 "꽥" 지르며 안 좋은 말들이 오갔고, 끝이 보이지 않는 싸움에 지쳐 나는 방에 들어가 환기를 시키려 했다. 그러나 아빠와 같은 집에 있는 이상 올라온 감정을 식히기에는 역부족이었고 결국 집을 나오게 되었다.

나와서 '첫 번째 코스'는 '코인 노래방'이었다. 싸움을 마저 끝내지 못해 쌓인 감정과 그 속의 언어들을 쏟아 내기엔 '코인 노래방'만 한 게 없다는 생각이 든다. 그리고 '두 번째 코스'는 집 앞 버스정류장에서 아무 버스나 잡아타고 종점까지 돌았다가 오는 것이다. 나는 드라이브를 참 좋아하는데 차도 없고 운전면허증도 없는 나에겐 버스 드라이브가 꽤 효과적이고 생각을 정리하기에 좋은 선택이었다. 그리고 마지막으로 '세 번째 코스'는 카페를 들르는 것이다. 나는 '카페인 중독자'라는 소리를 들을 만큼 커피를 좋아해서 마음이 심란할 때는 달달한 바닐라라테 한 잔 마시며 마지막 남은 감정을 털어 버리고 집에 들어간다.

이렇게 코스를 돌며 내 마음을 진정시키면 어떤 때는 아빠의 입장이 이해될 때도 있고, 나 자신에게 있어서도 많은 도움이 된다. 마음이 심란할 때나 우울할 때, 누군가와 싸우고 감정이 식지 않을 때 꽤나 효과적인 대처 방법이 될 수 있을 것이다.

- 김○연

나를 아껴 주는 방법 4

나는 늘 다가올 미래를 걱정하고 '어쩌면 좋지?'라는 생각을 가져 왔다. 특히 20대까진 더욱 그러했고, 철저한 계획을 세워 왔다.

그런데 점점 나이가 들어 가고 30대가 되면서 삶이라는 것은 "어떻게든 굴러가는구나.", "어떻게든 되겠지."라는 마인드가 생기게 되었다. 어떤 때 이런 마인드를 활용하나 돌아보면, 앞날이 암울하게 느껴질 때마다 완벽주의가 스멀스멀 올라오고, 이것도, 저것도 해내야 한다고 여겨질 때 삶이 너무나도 버겁게 느껴진다. 이런 나를 숨통이 트일 수 있게 하는 것은 "어떻게든 되겠지.", "그럴 수도 있지." 이런 말들이다.

삶을 넓게, 포용력 있게 사는 것이 나에게도, 다른 이에게도 행복한 삶을 살 수 있는 중요한 열쇠가 되는 것 같다. **나의 실수를 용납해 주고, 스스로 너무나 큰 책임을 갖지 않도록** 말이다.

- 최○원

Canon EOS 200D II | F/22 | 1/125s | ISO-200 |

이렇게 마음먹으면 뭐든 이겨 낼 수 있을 거야

바로 앞에 어떤 일들이 닥쳤을 때, 급급해하며 일을 해결하고자 머리 쓰고 몸을 쓰며 아등바등 노력했던 적이 많을 거야.

하지만 내 마음처럼, 내 노력만큼 되지 않을 때도 많았지.

그런 때는 생각해 보는 거야.

"어떻게든 되겠지."

마법의 주문처럼 되뇌어 보자.

문제가 해결될 때도, 안 될 때도 있지만 마음은 조금 편해지지 않을까?

내 나이 30대. 아직은 살아갈 날도 많고 해야 할 일들도 잔뜩인데.

하나하나 신경 쓰다 보면 나에게 독이 되고 말 거야.

그럴 땐 "어떻게든 되겠지"라고 생각해 보자.

책임감을 피하려는 말이 아니라 "조금은 쉬었다 가자."라는 '쉼표'가 될 테니.

세상을 바라보는 시선을 낮추어 살아가는 주문 "어떻게든 되겠지."

- 김○연

Canon EOS 90D | F/13 | 1/1250s | ISO-100 |

나는 나를 사랑하는가?

"나를 사랑하자!"라는 말은 중요한 말이지만 실천하긴 어려운 말인 것 같다. 사랑이라고 하면 무척 거창한 것 같지만 작고 사소한 것 하나도 소중하게 대하는 연습부터 시작하면 좋지 않을까 생각한다. '난 충분히 사랑스러워서 내가 사랑받는 것은 자연스러운 일'이라는 말이 있는 것처럼 자신을 사랑하자. 내가 나를 소중하게 여겨야 남도 나를 함부로 대하지 않는다. 나를 사랑하는 것을 자존감에 비추어 생각해 보면 자존감이란 어떤 경우에도 자신의 가치를 스스로 인정하는 것이므로 타인의 평가에 연연하지 말자.

진정한 자존감은 성취에 따른 만족감이 아니라 나 자신을 꼭 끌어안아 주는 데서 온다고 생각한다. 과거의 잘못에 대한 죄의식으로 인해 현재를 혹사한다면 그것은 잘못된 선택이다. 나 자신을 사랑한다면 과거에 사로잡혀 현재를 포기하지 않고 자기학대적인 결정을 하지 않는다.

"밝은 미래를 꿈꾸자! 자주 웃고, 친한 사람들과 담소를 나누며 주위에 밝은 에너지를 전하며 살자!"

– 최○호

나는 나를 사랑하는가?

　누구나 자신에 대한 열등감이 조금씩은 있겠지만 그래도 나는 나 자신을 사랑하는 것 같다. 나도 열등감에 사로잡혀 사회에서 위축된 삶을 산 적도 있다. 회복을 위해 꾸준히 약물을 복용하고 틈틈이 걷기 운동을 하고 있는 지금은 나 자신의 발전을 위해 노력하고 있다. 나는 매일 아침 거울을 보며 나 자신에게 "화이팅!"이라고 외치고 있다. "자신을 사랑하는 자만이 남도 사랑할 수 있다."는 말이 있듯 나는 나 자신을 사랑하고 남도 사랑하는 사람이 될 것이다. 그래도 가끔 '나는 나 자신을 사랑하는데 남들은 나를 사랑해 주지 않는 것 같은 소외감을 느낄 때'도 있다. 그럴 땐 산책을 하면서 나 자신을 달래고 긍정적인 생각을 하면서 세상을 살 것이다. **부정적인 생각들은 나 자신의 열등감을 부추기고 건강에도 해롭다. 나 자신을 사랑하면서 항상 긍정적인 시선으로 세상을 살아야 겠다고 다짐한다.**

- 김○호

Canon EOS 90D | F/1.4 | 1/640s | ISO-800 |

이전에는 미처 알지 못했던 것들 – 숨기는 것의 불편함

나는 내성적인 성격과 병 때문에 오랫동안 친구 없이 지냈고 옛날에는 친구라는 존재가 귀찮기도 해서 스스로 친구와 멀어지게 되었다. 지금은 교회와 동광임파워먼트센터에 친한 사람이 있지만, 예전엔 우물 안의 개구리처럼 살았고 오랫동안 외롭게 지냈다. 나는 다른 사람들보다 외로움을 덜 느끼는 성격이긴 하지만 뭔가 외로움에 익숙하면서도 은근한 소외감을 느꼈다. 그래서 지금은 친구라는 존재의 소중함을 알고 있다.

내가 동광임파워먼트센터에 나오게 된 계기는 주변 지인에게 내 단점을 말하다가 이런 시설이 있다고 소개받고 오게 되었다. 내가 적극적이지 않아 이런 좋은 곳이 있다는 것을 늦게 알았다. 동광임파워먼트센터

같은 곳이 있다는 것을 진작 알았다면 더 빨리 왔을 텐데 미처 알지 못했다. 나도 내가 지나치게 소극적이라는 것을 알지만, 알아도 쉽게 고칠 수가 없다. 또 내가 조현병인 걸 몰랐을 땐 알 수 없는 정신병이라고 생각했고 사람들도 나를 이해하지 못했었다. 이제 나는 내 병에 대해 알고 있고 주변 사람들로부터 이해받을 수 있어 마음이 편해졌다. **병에 대해 숨기는 것이 오히려 불편하다는 것을 이전엔 미처 알지 못했다.**

- 송○우

내가 알고 있는 걸 당신도 알게 된다면

나는 열일곱 살에 조현병 진단을 받게 되었습니다. 처음에는 인정하기 싫었고 미래가 두려웠으며 앞으로 어떻게 살아가야 할지 막막했습니다. 나뿐 아니라 가족들도 많이 힘들어했습니다. 나를 주로 괴롭혔던 것은 망상이었는데 쉽게 사라지지 않아 약을 먹기 시작했고 강제로 입원도 하게 되었습니다. 입원생활이 답답하고 너무 힘들었습니다. "왜 나는 이런 병을 갖게 됐을까?" 불행했습니다.

초반에는 약을 먹어도 증상이 심해졌고 결국 고등학교에 적응하지 못하고 자퇴를 했습니다. 꾸준히 치료를 받은 덕분에 시간이 지나서는 증상이 좋아졌고 망상도 사라졌습니다. 좋았던 시간도 잠시 다시 망상이 생겨 입원하게 되었지만 이후 약을 조절하며 차도가 생겨 지금은 약도 전보다 줄여서 복용하고 있습니다. **병을 인정해야 병이 나을 수 있다는 것을 알려 주고 싶습니다.**

- 하○협

주저하고 머뭇거리다 놓쳐 버리는 순간

그런 순간이 있다. 가슴속에 분명하게 솟아오르는 것들.

나에게 전하고자 갖은 노력을 다하지만 결국 닿지 못하는 그런 순간.

그런 나를 위해 무슨 말인지 알겠다고, 나도 그런 때가 있다고 맞장구치며 우리와 그들의 간격을 줄이려는 사람들을 보면 나는 더 깊이 좌절하게 된다. 하지만 내 주위의 가족, 지인들이 나를 도와준다는 것을 알고 있기에 잘 지내야 한다. 처음에 가졌던 편견과 사람의 관계는 때에 따라 달라질 수 있다고 생각한다. 내가 미처 알지 못했던 좋은 면을 보게 되면 상대를 향한 마음이 변화하기 때문이다. 하지만 문제는 좋아진 관계를 유지하기 위해 꾸준한 노력이 필요한데, 여러 상황 속에서 마음이 계속 바뀌고 이기적 본능에 따라 행동하게 된다는 것이다.

인생은 설레는 것들로 가득하다. 다만 그 설렘을 내가 얼마만큼이나 발견할 수 있느냐가 문제인 듯하다. 이전의 나는 새로운 경험의 앞에서 이것저것 재면서 고민하다가 결국은 시도조차 하지 못하는 나쁜 버릇을 가지고 있었다. 하지만 이제는 할까 말까 고민할 바에는 "한번 해 보자."라는 생각으로 살아야겠다.

— 박○경

겸손함을 통한 성장

나는 정신병이 나면서부터 깨달은 것이 하나 있는 것 같다. 나 자신이 장애인이라는 것을 알게 되었고 그로 인해 좀 겸손해진 것을 느낄 수 있었다. 내가 정신질환자라는 것을 느끼면서 다른 사람의 입장을 이해하려는 태도가 생긴 것 같다. 발병하지 않았던 시절에는 남을 생각하지 않았고 나 자신 위주로만 행동했었다. 발병하고 겸손해지면서 내가 장애인이라는 걸 넘어 오히려 더 완벽해진 사람이 됐다는 걸 느낀다. 이제 교회에 가면 다른 사람들을 위해서도 간절하게 마음을 담은 기도를 한다.

- 김○우

가족의 소중함

　병에 걸리기 전에는 가족의 소중함을 잘 몰랐었다. 가족은 나를 여러 번 강제입원 시켰다. 나는 정신병원 생활이 참 힘들었고 가족들을 많이 원망했었다. 내가 가족에 대해 오랫동안 품었던 마음은 '나를 힘들게 하려고', '나를 괴롭히려고', '자기들 편하기 위해 입원을 시켰다'는 생각이었다.

　그런데 지금 생각해 보면 내가 크게 착각하고 있었던 것 같다. 가족들은 내가 아프니까, 나를 도와주려고 입원시켰다는 것을 이제야 알게 되었다. 나는 병에 걸리고 무척 오랜 시간을 고생했다. 건강은 한번 망가지면 다시 회복되기까지 참으로 힘들다는 것을 알기에 우리 가족들만큼은 신체든 마음이든 어떤 병도 걸리지 않고 건강하게 행복하기를 바란다.

- 이○형

Canon EOS 200D | F/14 | 1/500s | ISO-800 |

반짝반짝 빛나는

중3 겨울, 우울증이 심해져 입원하게 되었다. 퇴원 후 중학교는 겨우 졸업했지만 고등학교에 입학하지 못했다. 가족들에게 나는 노골적으로 짐 덩어리 같은 존재였다. 때로 술에 취한 아버지는 집에만 있는 나를 보며 때리기까지 하셨다. 집에서 나는 숨죽여 사는 것만이 내가 할 수 있는 유일한 방법이었다.

'죽을 만큼 외롭다'는 말을 사람들은 쉽게 하지만, 3년이라는 시간을 방 안에 웅크리고 살다 보면 혼자라는 고독감이 한 사람의 영혼을 어디까지 무너뜨릴 수 있는지 알게 된다. 더 이상 내려갈 바닥이 없을 만큼 시간이 흐르고 보니 외로움은 나에게 그림을 선물해 주었다. 나는 그림을 그린다. 또래의 친구들은 고등학교에 다니며 사회성을 기르고 세상의 규칙을 익혀 가는 3년이라는 시간 동안 나는 마음껏 나의 내면을 유랑할 수 있었다. 내가 느끼고 생각한 것들을 종이에 옮겨 그리게 되었고 그림은 나의 영혼을 구해 주었다. 물론 방황하던 20대에 술과 여자에 빠져 잠시 그림을 제쳐 놓았던 적도 있지만 나는 여전히 그림을 그린다.

마흔세 살. 아직도 나는 그림과 연애 중이며 나의 사랑은 여전히 뜨겁고 열정적이다. 내 그림을 보았던 사람들은 알겠지만, 나의 그림은 평범하진 않다. 어린 시절의 트라우마, 부모의 학대와 방임, 직장에서의 괴롭힘 같은 고통스러운 기억. 그 시간이 지금의 나를 만들어 주었고 그림을 그릴 수 있는 원동력이 되었기에 조현병과 함께하는 나만의 길을 찾게 되었다.

미디어를 통해 사람들이 인식하고 있는 위험한 조현병 환자라는 세상의 인식 따위는 중요치 않다. 적어도 '일반인'이라 불리는 그들이 서로를 비교하고 경쟁하며 타인을 부러워하는 삶을 살아가는 동안 나는 그 누구와도 비교하거나 열등감을 느낄 필요가 없게 되었다. 나의 영혼은 비교 대상이 없을 만큼 특별하니까. 반짝반짝 빛나는 별이 되길~ 고맙다 조현병! 고맙다 그림!

- 장○희

Canon EOS 200D | F/5 | 1/250s | ISO-200 |

이전에는 미처 알지 못했던 것들 - 누군가의 노력

　전에는 집을 구하는 것이, 집에서 자유롭게 생활하는 것이 얼마나 감
사한 일인지 몰랐습니다. 이전에는 어머니께서 집을 구하시고 집안일도
다 하셔서 집이라는 것의 소중함을 잘 몰랐고 내가 신경 쓸 일도 없었습
니다. 그러나 지금의 저는 '공동생활가정'에서 생활하고 있습니다. 그래
서 전처럼 집에 있을 때처럼 자유롭지 못합니다. 그리고 든든한 나의 조
력자이셨던 어머니도 이제는 안 계셔서 집세, 공과금 등을 제가 스스로
납부하고 있습니다.

　전에는 제가 가족들에게 의지하여 살아가고 있다는 것을 잘 알지 못했
습니다. 하지만 어머니가 돌아가시고 가족들과 뿔뿔이 흩어져 살다 보

니 제가 가족들에게 많은 부담을 주고 있었다는 생각을 하게 되었습니다. 그래서 저는 앞으로 가족들에게 부담을 주지 않고 스스로 자립하여 살아가려 합니다. 쉽지는 않겠지만 지금 있는 공동생활가정에서 잘 훈련하여 독립된 삶을 살아 보려 합니다. 예전에는 사회생활만 잘하면 된다고 생각하며 살아온 것 같습니다. 그래서 가족들에게 나머지 책임을 떠밀었던 것 같습니다.

하지만 이제는 모든 문제를 제가 스스로 해결해 보려 합니다. 그 첫 번째가 임대아파트에 입주하여 독립된 자가를 갖는 것입니다. 공동생활가정에서 독립하여 밥도 하고 공과금과 기타 잡비들도 스스로 내며 자립해 살아가고 싶습니다. 아버지와 누나가 살아 계시는 동안에는 제가 지금까지 받은 사랑을 갚아 내려고 합니다. 그리고 사회에서도 제 역할을 해내는 사람이 되고 싶습니다. 전에는 사회생활도 시간이 지나면 어떻게든 되겠지 하며 살아왔던 것 같습니다. 그러나 앞으로는 **내가 누리는 사소한 것들에도 누군가의 노력이 뒷받침된다는 사실**을 기억하며 스스로 해보려고 노력하는 태도로 감사하며 살아가겠습니다.

– 이○영

Canon EOS 90D | F/5.6 | 1/100s | ISO-100 |

이전에는 미처 알지 못했던 것들

스트레스가 많이 쌓이면 병이 되는 것.

운동은 건강에 유익하다는 것.

시간은 어떻게든 쪼개면 생기지만

다시 건강해지기까지는 많은 시간이 걸린다는 것.

소중한 것은 다 큼지막한 것이라고 여겼다.
목표, 돈, 성공.
하지만 보통의 일상도 충분히 소중할 수 있다는 것.
취미, 쉼도 소중하다는 것.
월급에, 세상의 시선에, 너무 얽매이지 말고
행복의 기준은 스스로가 찾아가는 것.

혼자 가면 빨리 갈 수 있지만
같이 가면 멀리 갈 수 있다는 말이 있듯이
좋은 인연들과 함께 무언가를 할 수 있다는 것.
혼자의 성장도 괜찮지만
함께하는 성장이 더욱 값지다는 것.

지금은 '회복'이라는 목표를 향해
체력을 더 키우고
몸과 마음이 더 튼튼해지도록
따로 또 같이 성장하며
자신의 한몫을 해 나가고 싶다.

- 이○

Canon EOS 200D II | F/5.6 | 1/100s | ISO-320 |

사실 난 용기가 없다

내가 어린아이였을 때부터 또래 친구들은 쉽게 해내는 것들을 나는 아주 서툴고 힘들게 해내곤 했다. 몸도 약하고 소극적이어서 친구들과 함께 있어도 언제나 나의 위치는 '주변인'이었다. 내가 참 바보 같고 한심하게 느껴지곤 했었다. 아주 작은 일을 할 때도 또래 친구들보다 '아주 큰 용기'가 필요했다. 마흔한 살이 되고도 아직도 내 마음엔 그때 그 어린아이가 남아 있다.

어제 동광임파워먼트센터에서 사진 전시회의 축사를 해야 할 때 불안과 우울함, 무력함이 올라왔다. 5분 후면 사회를 보고 축사를 해야 했다. "지금 증상이 올라와 축사를 할 수 없으니 다른 사람에게 해 달라."고 부탁을 하던지, 아니면 불안과 우울, 무력감을 이겨 내고 사람들 앞에 서든지 둘 중 하나를 빨리 선택해야 했다. 나는 후자를 선택했고, 사회를 보는데 내 눈앞에 나를 지켜보고 있는 많은 사람이 보였다. 사회를 보는 순간순간에도 포기하고 싶을 정도로 내 마음은 최악이었다. 대사를 더듬거리기도 했고 연습할 때보다 부자연스러웠으며 밀려오는 우울과 무력감을 억누르며 진행해야 했다. 사람들은 마이크를 잡고 있는 내 모습을 보며 "너는 알아서 잘하잖아."라고 말하지만 사실 나는 뒤에서 불안과 싸우며 수없는 연습을 반복했었다. 마침내 알게 되었다. 실패보다 후회가 더 괴로운 일이라는 것을.

　행사가 끝나고 집에 돌아왔을 때 혼자가 되니 늘 그렇듯 외로움과 불안과 무력감이 몰려왔다. 따뜻한 물로 샤워를 하며 생각했다. '실패를 두려워하지 않고 포기하지 않아 줘서 고맙다. 충분히 잘했다!' 이번 일을 통해 **과정에서 최선을 다했다면 성공과 실패는 나의 몫이 아님을 배웠다.** 그래서 후회 따위는 하지 않기로 했다.

- 장○희

Canon EOS 90D | F/16 | 1/50s | ISO-100 |

Why가 아니라 How

우울, 불안, 외로움, 불면 등 내가 가지고 있는 증상은 다양하고 '조현병'이라는 병명 하나로는 다 말할 수도, 타인을 이해시키기도 어렵다. 10대 후반에 발병하여 아직까지 나와 함께 하는 정신질환은 이제 나의 일부분이 되었다. 정신질환을 받아들이게 되면서 이전과 크게 달라진 점은 '나 자신에 대해 질문하는 방식이 달라졌다'는 것이다.

20대 후반까지 나의 사고의 과정은 "왜?"였다

"왜 나만 잠을 이룰 수 없어 괴로운가?"
"왜 나만 불안과 우울 속에서 괴로워해야 하는가?"

"왜 나의 삶은 이렇게 고통스러운 것일까?"

자기 연민에 빠져 삶의 불공평에 관하여 "왜?"라는 질문을 수없이 던졌었지만 그건 틀린 질문이었다.

지독한 불면증으로 잠을 잘 수 없는 것은 내가 어찌할 수 없는 현실이라지만, 불안과 우울이라는 감정은 내가 노력할 수 있는 부분이 있기 때문이다. 스스로 이겨 내기 위한 어떠한 노력도 하지 않은 채 그저 고통스럽다며 불만만 늘어놓는 내 모습이 자신에게 부끄럽고 미안한 일이라는 생각이 들었다. 이후로 나는 불면증에 대해 괴롭고 힘들다고 느끼기보다 '잠을 이루지 못해도 나의 삶을 이어가려는 책임감을 가지고 살기'로 했다.

정신질환을 가지고 살아간다는 것이 나의 정체성 전부를 대변하는 것은 아니다. 그저 나의 일부분일 뿐. 불행에 빠져 괴로워만 하는 것은 쉽다. 그러나 나에게 주어진 모든 불합리한 것들을 극복할 수 없다고 해도 인정하고 그 삶을 긍정하는 것 자체만으로도 자기 자신과 삶에 대한 자부심으로 연결된다는 것을 알게 되었다. 내가 어떤 선택을 하느냐에 따라 나의 삶이 바뀔 수 있다. 배가 아프면 내과에 가고 다리가 아프면 정형외과에 간다.

그리고 마음이 아프면 정신과에 간다. 당뇨가 있다면 운동과 식단조절을 해야 하듯, 마음이 아프다면 자신의 증상에 관해 알고 대처해야만 한다. **자신의 마음에 관해 제대로 들여다보고 돌보지 않는다면 자신의 마음에게 얼마나 무책임한 일인가?** 괴로운 마음이 들 때마다 '왜 나에게만 이런 일이 일어나지?'라는 생각에 사로잡히지 말고 자신의 감정에 책임감을 가지고 '어떻게 해야 할까?'라고 생각하는 훈련이 필요하다.

누구에게나 고통은 찾아오지만 그것을 어떻게 받아들일지는 온전히 나의 선택이다. **고통에 몸부림치는 순간이 있듯 행복하게 웃는 날도 엄연히 존재한다.**

- 장○희

Canon EOS 90D | F/11 | 1/640s | ISO–400 |

진짜 어른이 된다는 것은

22살 때 집에서 쫓겨났다.

당시 나는 우울증과 불면증이 심각했는데 가족들은 의지의 문제라고 생각했고, 나의 정신질환을 '일하기 싫어 아픈 척하는 꾀병'이라고 생각했기 때문이다. 집에서 받은 30만 원 정도의 돈을 들고 난생처음 서울로 상경했다. 일단 잠을 잘 곳이 필요했다. 직업학교에선 먹여 주고 재워 주며 소액의 급여도 나온다는 것을 알게 되어 직업학교에 들어가게 되었다. 당시 불면증이 심해 혼자 조용한 환경에서도 잠을 잘 수 없었던 나는 잘 모르는 타인들과 한방에서 지내며 하루 1~2시간만 눈을 붙이고 생활했다. 바로 취업을 할 수 있었으면 좋았겠지만 당장은 취직할 능력이 없었다.

내가 지내던 직업학교는 천주교에서 운영하는 곳이었는데, 학생의 대부분은 보호관찰을 받는 사람들이었다. 시간이 지나니 어느새 나는 겉으로만 강한 척하며 그 사람들을 끌고 다니는 무리에 속해 있었다. 첫 직장에서는 그런 나의 기질 때문에 문제가 많았다. 이후 몇 번의 이직을 거치며 나의 모습도 점차 가다듬어져 갔다. 소위 말하는 '사회생활', 직장인으로서 사회에서 살아남는 방법을 익히는 것에 익숙해져 갔다.

나는 당시 이성들에게 꽤 인기가 많았다. 연고가 없던 낯선 곳에서 혼자라는 외로움을 감당할 자신이 없었고 매일 아침이면 낯선 여성들과 한 침대에 누워 있을 때도 많았다. 그때마다 나 자신이 너무나 혐오스러워 여자친구를 사귀기 시작했다. 기댈 곳 없는 타향살이에 기댈 곳이 필요했다. 막상 연애를 시작하니 이번엔 이별에 대한 두려움이 집착으로 이어졌다. 여자친구의 헤어지자는 말에 세상 속에 나만 홀로 버려진 것과 같은 느낌이 들었고 나는 매달리고 애원했다.

20대 후반이 되며 나의 연애는 게임과 같아졌다. 상대방의 마음을 가지고 노는 게임. 나는 더 이상 매달리는 처지가 아니라 매달리게 만드는 법을 알게 되었고 제법 능숙해졌다. 그때의 나는 사랑을 잘 안다고, 연애를 잘한다고 생각했었지만 지금 와서 돌이켜보면 얼마나 한심한 생각인가? 희망과 절망을 이용해 상대방의 마음을 불행하게 만드는 것이 어떻게 사랑이란 말인가?

상대방이 나에게 더 매달리는 처지가 되었다 해도 변하지 않는 게 있다. 마치 겉으로는 상대방을 내 뜻대로 움직이며 이별의 선택권을 내가 가지고 있는 것 같지만, 솔직한 마음은 '이별이 두려워 상대를 내 손에 쥐고 놓아 주지 못하는 것'이다. 그렇게 4년간 만나 오던 연인과 이별하며 나는 몇 날, 며칠을 울었다. 죄책감과 후회, 미안함만 남았다.

나는 직장에서 일을 잘해 경제적 독립을 이루었고 언제나 여자친구가 있어 사랑도 하며 살았지만 결국 정신적으로는 독립하지 못한 어린아이인 채로 30대가 되었다. 그리고 9살 어린 지금의 여자친구를 만났다. 그녀의 멘토로서 연인으로서 아들로서 일상을 함께 하기 시작했다. 사랑에 있어 새로운 도전이었다. **나의 모든 나약함을 보여 주며 내 모습 그대로 사랑받을 용기를 배우게 되었다.** '매력'으로 현혹하기보다 보폭을 맞춰 같은 길을 걷는 것부터 시작했다. 마치 어린아이가 첫걸음을 걷듯, 아낌없이 모든 것을 주는 그녀에게서 대가 없는 사랑의 숭고함을 배웠고 마침내 나는 이별의 두려움에서 벗어날 수 있었다.

40대가 되었다. 지금은 증상으로 인해 일은 할 수 없지만 나는 충분히 '독자적 개인'으로 우뚝 서 있다고 생각한다. 11년을 만나 온 여자친구는 내 삶의 전부이지만 만약 그녀가 더 행복해지기 위해서라면 이별도 감수할 수 있다. 내가 감당해야 할 아픔이기에.

이제 나는 외로움으로 사랑을 구걸하지 않는다. **이제 나는 두려움으로 사랑을 이용하지 않는다. 이제 나는 이별의 아픔도 두렵지 않다. 그렇게 홀로 서는 법을 배우며 어른이 되어 간다.**

– 장○희

Canon EOS 200D | F/14 | 1/500s | ISO-800 |

비워야 비로소 보이는 것들

    나이가 들면서 잘되는 것이 있다. 바로 문제를 단순화시키는 것이다. 언젠가부터 마음 비우는 것이 자연스러워지는 것 같다. 어렸을 적엔 꼭 해야 하는 것들도 많고 어려움도 있었지만, 욕심이 없어지다 보니 꼭 해야 하는 것들의 필요를 못 느끼곤 한다.

    지난달부터 새벽에 일찍 일어나기 시작했다. 그래서 아침에 독서를 하거나 새로 마음먹은 일본어 자음 익히기를 하고 있다. 이번에 읽은 책은 '1일 1가지 버리기'라는 책이다. 이후로 나는 정리 수납 차원에서 하루에 한 가지씩 정리하며 물건 버리기를 하고 있다. 하다못해 버릴 게 없으면 영수증 같은 종이 쪽지라도 버렸는데, 이젠 1일 1가지 마음 비우기를 하는 것도 좋은 것 같다.

나이가 드니 좋은 것은 미워하는 사람이 없다는 것이다. 그만큼 사람에 대한 욕심도 없어졌다. 좋은 게 좋은 거라고 사람들의 관계도 우정과 우애로 형성되고 있다. 부모님이 돌아가신 후 갖게 된 슬픔도 이젠 무디어졌다. 슬픔이 사라졌다. 단지 하나, 내가 죽을 걱정을 한다. 어떻게 늙어 가야 잘 늙는지에 대한 걱정, 이젠 그 마음도 비워 버리고 "오늘 하루 오직 충실할 뿐."이라는 생각으로 살아야겠다.

건강한 마음이 되기 위해서 근심도 털어버리고 마음이 고요한 상태로 살아가는 것, 평화롭게 느끼는 것, 이것을 연습하면서 내 마음에서 노년에 대한 근심을 비우는 것이 지금 내가 비워야 할 마음일 것 같다. 오늘 하루 주심을 감사함으로써 불편함이 없는 마음을 평화롭게 유지하는 나의 나이가 좋다.

- 소〇미

내 마음 대청소 중입니다

내 마음에도 한 번씩 대청소가 필요하다. 낡은 것을 버리고 빈자리가 생겨야 새로운 것들을 채울 수 있는 것처럼 말이다. 내가 비우고 싶은 것은 '말'이다. 나의 말의 총량을 줄이고 싶다. 난 유독 이곳 동광임파워먼트센터에서도 말이 많은 것으로 유명하다. 말을 많이 하게 되면 사람들 앞에서 실수를 하게 되는데, 그런 불미스러운 일이 없도록 말을 줄이고 싶다.

또 한 가지는 과거에 안 좋게 이미 끝나 버린 인연이 완전히 청산되지 않을 것이라는 두려움에서 벗어나고 싶다. 설령 다시 만난다고 해도 주체적으로 내 인생을 살아가는 데 아무런 영향이 없도록 해야만 한다고 생각한다.

마지막으로 나의 잡생각을 비우고 단순하게 살고 싶다. 정말 중요한 가치 한두 가지만 생각하며 정리·정돈된 일상을 살고 싶다.

- 최○호

Canon EOS 90D | F/9 | 1/250s | ISO-400 |

나를 웃게 하는 것

　마음의 즐거움은 아무도 뺏어갈 수 없다고 한다. 크게 웃을 일이 적은 매일의 일상이지만 나에게 미소를 짓게 하는 것들이 있다. 아스팔트를 뚫고 나온 민들레를 볼 때면 절로 미소가 지어진다. 그리고 환하게 핀 4월의 벚꽃을 보는 것도 나를 미소 짓게 만든다. 가끔 보는 동영상들도 나를 미소 짓게 만든다.

　요즘은 개그콘서트를 보면서도 웃음이 나질 않는다. 공감 능력이 떨어져서인지, 방청객들이 웃는데 나는 웃기지가 않다. 나의 유머 코드가 아닌가 보다. 지난번에 봤던 동영상에서 고양이를 혼내는 한 여자분이 프라이팬에 고양이 인형을 볶으면서 고양이에게 훈계하는 모습이었는데,

마치 고양이가 그 훈계를 알아듣는 듯해 크게 웃은 적이 있다. '일소일소 일노일노'라는 말이 있다. 한 번 웃으면 한 번 젊어지고 한 번 화내면 한 번 늙는다는 표현인데, 요즘은 확실히 웃는 일이 적다.

그렇다고 화가 나는 일이 있는 것도 아니다. 그저 무덤덤하다. 어제도 유모차에 있는 한 아이를 보며 미소 지었던 기억이 난다. 아이들을 본다는 것이 또 나를 웃게 하는 일인 것 같다. 정신과 약을 복용하면서 웃을 일이 적어졌다. 감정을 참 무디게 만든다고 생각한다. 그럼에도 불구하고 연말의 크리스마스의 분위기가 나를 조금 미소 짓게 만든다. 크게 웃진 않더라도 미소 지을 일이 많았으면 좋겠다. 2025년에도 많이 미소 지으며 건강했으면 한다.

- 소○미

Canon EOS 200D | F/11 | 1/125s | ISO-400 |

결과가 아니라 과정

조현병은 약도 평생 먹어야 하고 재발할 때마다 기능도 떨어지기에 조현병에서의 회복이란 불완전한 개념인 것 같다. 그러나 회복을 완성형으로 바라보지 않고 과정이라고 생각한다면 조금 더 긍정적인 시선으로 바라볼 수 있을 것 같다.

퇴원을 하고 사회에 나와 새로 생긴 증상이 올라오는 것 때문에 많이 힘들고 불편하지만, 그것도 삶의 일부분이라고 여기고 있다. "왜 나에게만 이런 일이 일어났지?" 불평하기보다는 긍정적으로 내 병을 관리하겠다는 생각을 가지는 것이 낫다고 생각한다. 따지고 보면 난 회복에 대해 의식적으로 어떤 노력을 해 본 적은 없는 것 같다. 그냥 처음부터 약만 빠지지 않고 먹었던 것이 전부다. 21~23세까지 공익근무를 할 때 이미 치료받고 증상이 좋아진 상태였지만, 뭔가 2%의 부족함이 느껴졌었다. 그러나 군 생활을 하면서 좋은 사람들을 많이 만나게 되었고 사람들과 사귀고 어울리는 시간 속에서 마치 완전히 회복된 것처럼 느껴졌던 경험이 있다. 내 생각에 조현병이란 침대에 누워 천장만 바라보며 잡생각을 많이 해서 생기는 병인 것 같다. 일을 다닌다거나 어딘가에 소속되어 바깥 활동을 하는 것이 회복에 도움이 되는 것 같다.

사회생활을 하며 스트레스를 받을 수도 있고 아닐 수도 있지만, **세상에 부딪혀 직접 경험하지 않으면 긍정적인 변화도, 부정적인 변화도 기대할 수가 없다.** 앞으로의 회복 과정에서 또 재발이 되어 입원할 수도 있겠지만 긍정적인 마음가짐을 유지하려고 노력할 것이다. 예전의 나에게 회복은 절벽 앞에 서 있는 것처럼 느껴졌지만 지금의 나에게 회복은 어두운 터널에서 등불을 들고 출구를 찾아 빛을 향해 뚜벅뚜벅 걸어가는 길이기 때문이다.

- 최○호

Canon EOS 200D II | F/5.6 | 1/160s | ISO-100 |

나는 성장하는 중이다

올해도 며칠 안 남았다. 날짜는 하루하루 성실하게 흘러가지만, 나의 성장 속도는 언제나 제자리인 것 같은 생각이 든다. 올해가 지나고 내년이 다가와도 나는 지금처럼 수영을 할 테지만, 그래도 내년엔 '또 어떤 새로운 도전이 있을까?' 궁금하기도 하다.

그렇다. 나는 성장하는 중이다. 스무 살의 나와 지금의 나를 돌아보면 아직도 표현이 서툴고 말도 잘 못 하는 편이지만 미세하게나마 조금씩 성장하고 있다는 것을 느낀다. 요즘 내가 뿌듯하게 여기는 것은 사람들과 '연락'을 하게 된 것이다. 표현을 잘하지 못하는 내가 먼저 사람들에게 연락을 해 보고 서로 연락을 주고받는 것, 이것의 기쁨을 알게 되었다. 인사만 하던 사이에서 안부를 묻고, 연락을 주고받는 단계까지 장족의 발전이라는 생각이 든다. 사람들과의 관계는 힘들지만, 그 속에 있는 기쁨이 더 크기에 괜찮다. 이제라도 그 기쁨을 알게 되어서 다행이라고 생각한다. 나의 계획은 지금처럼 사람들과의 관계를 유지하면서 즐겁게 살아가는 것이다.

- 유○지

Canon EOS 200D II | F/5.6 | 1/1600s | ISO-100 |

자립

나는 현재 자립하지 못하고 있다. 경제적으론 아버지께, 정서적으론 어머니께 의지를 많이 하고 있다.

그래서 요즘 가족의 중요성과 소중함을 많이 깨닫는다. 자립은 혼자 선다는 말인데, 이 세상에서 아무 도움 없이 혼자 설 수 있는 사람은 없다. 우리는 알게 모르게 서로 도움을 주고받는다. 우리는 도움의 손길이 조금 더 필요할 뿐이다. 그렇다고 우리는 노력을 포기해선 안 된다. 우리가 힘을 빼는 만큼 누군가는 고생을 하기 때문이다.

사회에서 말하는 1인분의 삶, 우리는 그것을 해내지 못할 수도 있지만 최선을 다하는 삶은 살아 내야 한다. 그러다 보면 점점 더 성장하고, 힘

이 생기게 될 것이다.

　　변함이 없어 보이는 내 모습에 실망하지 말고 조금씩 변화될 내 모습을 기대해 본다.

　　내가 바라는 자립의 모습은 누군가에게는 짐이 되지 않는 사람이 되는 것이다. 어떤 이가 나를 바라볼 때 민폐가 아닌 사람이 되고 싶다. 또, 나는 **자립을 위하여 비교하지 않는 삶을 살 것이다.** 몇 살에 취업, 연애, 결혼, 집을 언제 사고, 부모님께 용돈을 드리는 등 비교하면 할수록 현재의 삶에 감사하지 못하는 삶을 살게 되기 때문이다. 즉, 나는 자립을 위하여 모든 일에 스스로 만족하며 감사하는 삶을 살 것이다.

- 최○원

Canon EOS 90D | F/5.6 | 1/60s | ISO-100 |

아픔은 결코

처음 아팠을 땐 끝이 없는 동굴과 같이 느껴졌다.

시간이 약인 것인지 좋은 사람들을 많이 만나고 병원 및 심리 치료를 받으며 절망적인 생각이 사라졌다.

끝이 보이지 않아 느꼈던 무기력과 우울에 대한 시각이 변화되었다.

아픔이 온전히 회복된다는 것은 '그 아픔이 사라진다'는 의미일 수 있지만, **그 아픔과 함께 평생을 아름답게 동반자처럼 성장할 수 있다는** 의미이기도 하다고 생각한다.

아픔이, 상처가 변하여 별이 된다는 말이 있다. 'Scar is star'

내가 겪은 아픔을 통해 또 다른 상처 입은 자를 치유하게 된다.

아픔은 결코 아픔으로만 끝나지 않는다.

당신에게 아픔이 무슨 의미로 남을지 상상해 보아라.

아픔은 결코 아픔으로만 남지 않는다.

- 최○원

정신과에 가기 망설여지는

사람들을 위하여

Canon EOS 90D | F/5.6 | 1/160s | ISO-400 |

문제가 생겼다면 한시라도 빨리

내가 정신과에 입원하게 된 횟수는 수없이 많다. 왜냐하면 나는 뇌의 신경회로에 이상한 반응을 보이는 세포들을 약으로 조정해야 하기 때문이다. 나는 아마도 스트레스로 인해 이 질병을 얻은 것 같다. 이 질병은 참으로 무섭다. 부모님도 못 알아보고 현실에 실재하는 사물과 사람들의 구별이 어려운 질환이다. 사람들의 작은 행동과 말에 의미를 부여하여 실존하지 않은 망상들이 생겼고 더 진행되면 환청과 환시 등 환각을 가지게 되는 것 같다.

나는 조현병과 조울증, 공황장애, 최근에는 불면증으로 고생을 하고 있다. 최근에 여러 상황에 변화가 있었는데, 물론 나는 보수적이고 변

화를 싫어하는 사람이 아님에도 불구하고 이러한 변화에 적응하는 것
에 어려움이 있다. 친하던 언니들이 모두 취업에 나가게 되면서 적적함
에 증상이 올라왔다. 초발 때는 증상이고 뭐고 아무것도 모르고 아픈지
도 몰랐는데 이번엔 계속 약을 먹어서인지 잠깐 증상이 올라왔지만 바
로 알아차리고 약 조절을 하여 증상을 가라앉힐 수 있었다. 나처럼 이런
증상들이 있다면 혹은 **내 정신 건강에 작은 변화가 있다면 한시 빨리 병
원에 가서 도움을 받기를 바란다.**

　나와 부모님은 나의 변화들을 빨리 알아차리지 못했다. 물론 그때는
조증이 심해져 자신감도 너무 높아진 상태였고 병식이 없었기에 힘들여
약을 지어도 거의 먹지 않고 변기에 버리던 시절이었다. 누군가도 나처
럼 병식이 없고 약을 먹지 않는다면 입원을 할 수도 있다. 당연하게도 나
도 위의 글처럼 행동하여 한 달 동안 폐쇄병동에 입원해 있었다. 그래도
다행히 퇴원할 때쯤 병식이 생겨 예전으로 돌아가는 데 1년의 회복시간
이 걸린 것 같다. 그러니 **너무 걱정하지 말기를. 시간이 해결해 주는 것
이 있을 것이다.** 물론 질병이 있다면 약은 필수다.

　마지막으로 방심은 금물이다. 언제 재발할지 모르니 항상 자신을 잘
살피고 보살펴보라. 서서히 나아질 것을 알기에 너무 절망하지는 말자,
언젠가 밝은 미래가 다가올 테니까.

- 유○지

어렵지 않아요

처음 편집 조현병에 걸렸다는 사실을 인지하기 전까지 망상, 환청에 시달렸다. 병에 걸렸다는 사실을 인지하는 과정은 가족의 도움이 없었더라면 힘들었을 것이다. 9주간의 입원 치료와 1년간의 외래 치료를 통해 나는 나아지는 과정을 경험했다.

요즘은 외로움이라는 단어가 키워드가 되어 많은 사람들이 마음의 병을 가지고 있다고 한다. **'나 정도는 괜찮겠지.' 하고 방치하거나 병원에 뒤늦게 가서 증상이 심하게 되는 경우도 많다고 한다.** 길지는 않지만 1년 정도의 외래 진료 경험을 말하자면, 정신과 진료는 전혀 어려운 것이 아니다. 병원에 도착하면 접수하고 의사 선생님을 만나서 한 주 동안 있었던 일을 자연스럽게 말하면 된다. 그리고 약 처방을 받아 다음 예약을 잡으면 된다.

사회 인식이 정신병원에 가면 내가 이상한 사람이 되는 것 같은 거부감이 있지만, 사실 정신과 진료는 고민이 있으면 털어놓고 편하게 휴식을 취하는 시간처럼 생각하면 된다. 마냥 불편하다고 스스로 병을 키워간다면 더 큰 재앙을 몰고 와 삶의 전체를 망가뜨릴 수도 있다. 정신과병원에 간다는 것은 미리 예방하는 작업이며 삶을 윤택하게 해 줄 수 있는 치료이다. 사회적으로 정신과에 대한 편견이 있다는 것을 안다. 알지만 **'제대로 알고 가는 것'과 '그냥 가는 것'은 차이가 있다.** 토끼와 거북이처럼 빠르게 질주해서 토끼처럼 가는 사람이 있고 거북이처럼 느긋하게 가는 사람이 있다. 정신과에 가는 것이 한 박자 천천히 자신의 삶에 대해 돌아보는 시간이라는 것을 알았으면 한다. **거북이들의 삶을 이해해 주었으면 한다.**

- 정○지

용기를 내 보자

병원에 가는 건 여러 가지 이유가 있다. 사람의 삶이 항상 한결같지 않기 때문이다. 자신이 어떤 병을 가지고 있는지 얘기하지 못하는 경우도 많다. 의사 선생님과 상담하는 용기를 못 내기도 한다. 정신과 상담은 자기가 어떻게 이겨 내고 있는지에 달려 있다고 생각한다. 상담을 위해 순서를 기다리는 것도 과제다. 그리고 자신에게 관심을 가져야 한다. 절대 비관적으로 봐서는 안 된다. 또 약을 먹는 것을 싫어해선 안 된다. 자기와 맞는 의사 선생님을 만나는 것도 중요하다. 약에 대한 지식을 찾아보면 더욱 좋다. 병이 있어도 꿋꿋하게 살아가다 보면 좋은 일도 생긴다. 약의 용량이 변해도 절대 나쁘게 생각하지 않아야 한다. 의사와의 호흡도 중요하다. 진료를 기다릴 때 사람들과 부딪치는 일이 있어도 넘기는 의연함이 필요하다.

– 홍○택

작은 위로

우울증은 '마음의 감기'라는 말이 있다. 우울증이 흔해진 시대지만 정신과 가는 것을 여전히 불편해하시는 분들이 많다. 당뇨병 등 질병도 신체질환의 일부이고 마음의 병도 신체질환의 일부임에도 여전히 편견을 가지고 있는 사람들이 많다. 우울증도 증상이 있을 때 제때 치료를 받으면 나을 수 있다. 그렇기 때문에 증상이 나빠지지 않도록 미리 예방하는 것이 중요할 것 같다.

우리는 아마 정신과에 가기 전에 많이 고민하고 시행착오를 겪을 것이다. 껄끄러울 수도 있다. 그러나 **가장 소중한 금은 '지금'**이라고 의외로 방문해 보면 마음이 가라앉고 '별거 아니구나.'라고 느낄 수 있을지도 모른다. 여러 가지 생각이 있겠지만 마음이 차분해지고 편안함을 느낄 수 있다. 우리는 멋진 옷과 구두를 사러 갈 때는 가벼운 발걸음으로 가지만 병원이라고 하면 의외로 발길이 잘 떨어지지 않는 경우가 많다. **자신을 위한 투자까지는 아니더라도 작은 위로를 찾기 위해 정신과에 가보는 것도 좋겠다.**

– 이○

도움을 요청하자!

내가 처음 정신과에 가게 된 계기는 군대 훈련소에 갔다가 버티지 못하고 귀가 조치되면서였다. 조현병 증세는 고등학교 때부터 있었지만 가족들에게 말하지 않았는데, 그 이유는 내 약점을 밝히기 싫은 자존심 때문이었던 것 같다. 당시의 나는 군대가 아니었다면 아마 정신과에 가지 않았을 수도 있을 것 같다. 나처럼 자존심 때문이 아니더라도 대수롭지 않게 여기거나 사회적으로 불이익을 받을까 봐 정신과에 가지 않는 사람들도 많을 것 같다. 그러나 지금의 나는 도움을 받을 수 있다면 받아야 한다고 말하고 싶다. 옛날에 비해 정신의학이 많이 발달했다. 내가 현대에 태어난 것이 축복인 것 같다. 의지로 정신병을 극복할 수 있다고 얘기하던 시대는 지났다. 나는 정신과 약물로 완전하진 않지만, 증상을 줄일 수 있었다. 물론 지금은 좋은 시대지만 **도움을 받고 싶다면 스스로 도움을 요청해야 한다.** 미래에는 세상이 더 나아지면 좋겠다.

- 송○우

편안해져요

내 병은 37살에, 정확히 11월에 발병했다. 두 달 동안 단 한 시간도 못 자는 불면증이 있었다. 두 달을 잠을 못 이루니 점점 불안증이 심해졌다. 불안은 극에 달해 밥도 먹을 수 없게 되었다. 병원에 가서 약을 먹어야 하는데 병원은 가기 싫었다. 정신과는 늘 나와 상관없다고, 저런 곳엔 어떤 사람들이 가는지, 가서 무슨 치료를 받을까? 궁금해하곤 했다. 그렇게 생각하던 내가 심한 불면증으로 정신과에 가야 하는 처지가 됐다. 처음엔 썩 가고 싶지 않았다. 그러나 불면증으로 두 달가량 잠을 못 자니 나에게는 선택의 여지가 없었다.

상담 후 주치의가 약을 주었다. 그 약을 며칠 먹다 보니 어느새 나는 잘 자고 있었고 언제 그랬느냐는 듯 불안증도 깨끗이 사라졌다. 신기했다. '약 몇 알로 두 달을 고생하던 불면증이 싹 없어지다니!' 잠을 푹 자고 일어나니 하루하루가 신기하고 또 새롭기까지 했다. 정신과에 가길 잘했다고 생각했다. 감기에 걸렸을 때 약을 먹으면 낫는 것처럼 우리의 정신적, 정서적 아픔도 약을 먹으면 감기처럼 치유될 수 있다.

- 당○주

미루는 것은 시간 낭비

나는 아주 오래전부터 정신적인 문제가 있었던 것 같다. 초등학생, 아니 유치원 때부터 허무하다는 말을 자주 하고 우울해해서 주변의 사람들이 이해 못 하는 경우가 많았다. 그런 타고난 기질에 대해 주변의 이해를 받기 어려운 환경이었고 적응이 어려웠던 학교생활과 가족들과의 갈등 요인은 병을 심화시켰다. 병원은 비교적 이른 나이에 갔지만 지금의 병명과는 다른 병명이었다. 수학여행 때 번쩍이는 조명에 갑자기 꿈을 꾸는 것 같고 현실감이 사라지는 것 같은 현상이 있었는데 지금 병명을 찾자면 '이인증'이었다. 그러나 그땐 병원에서도 명확한 진단을 하지 못했고 병원 치료도 오래 받지 못했다. 대신에 심리상담을 꽤 오래 받았는데 결국 도움은 안 됐던 것 같다. 아마도 내가 겪었던 학교생활이나 진짜 고민을 솔직하게 말하지 않아 그런 것 같다.

나의 청소년기는 많이 힘들었고 그 영향으로 성인이 되고도 계속 부작용에 시달리는 것처럼 힘들었다. 물론 20살이 되고 좋은 병원에 가게 돼서 좋은 선생님을 만났다. 상담을 잘해 주시고 인생의 멘토처럼 많은 것을 알려 주셨다. 가끔은 아쉬움도 든다. 난 원래 부정적인 사람인데 중학생 때부터 주변의 도움을 받고 '정신과 치료를 빨리 시작했다면 어땠을까?' 하고 말이다. **정신과를 가야겠다는 생각이 들면 그 즉시 바로 가는 것을 추천한다. 미루다 보면 생각보다 많은 시간을 낭비할 수 있기 때문**이다.

지금 다니는 병원을 못 만났다면… 어떻게 됐을지 모르겠다.

– 한○성

정신과에 대한 편견

정신과를 나쁜 곳이라고 생각하는데 정신과는 약으로 도파민이라는 신경 전달 물질을 조절하여 보통 사람들과 비슷하게 사고하고 증상으로 힘들지 않도록 도와주는 곳이다. 정신과는 약을 바꾸게 되면 2주 동안 관찰하면서 약이 몸에 잘 맞도록 조절한다. 물론 증상이 안 좋은 사람은 입원해서 안정시키는 것도 필요하다.

사람들은 우리가 일반인과 다르다고 생각하는데, **우리는 실질적으로 보통사람들과 다르지 않다.** 또 뉴스나 언론을 통해 우리를 나쁘게 생각하는 사람들도 있지만 실제로 범죄율은 우리보다 정상인들이 높다고 한다. 정신과는 그렇게 이상한 곳이 아니다. 사람은 좋지 않은 환경에 지속적으로 노출되거나 과도한 스트레스에 시달리게 되면 생각지도 못한 정신과적 증상이 나타날 수도 있다. 또 정신병에 걸렸다고 인생이 끝나는 것도 아니다. 다른 삶이 기다리고 있을 뿐이다. 일반인과 다른 면이 분명 있지만 다르게 펼쳐진 인생도 똑똑하고 현명하게 살려고 노력하다 보면 행복이라는 답을 찾을 수 있다.

- 이○형

고통에서 보통으로

16살 중3 봄부터 우울증이 찾아왔다. 결벽증이 생겼고 자살생각이 들었다. 웃음이 사라졌고 잠을 잘 수 없었다. 또래 친구들의 웃음소리가 나에겐 송곳으로 찌르는 것 같았다. '나는 왜 이렇게 망가졌을까?'

그런 생각들이 온통 머릿속을 검게 물들였다. 담임선생님이 집에 방문하셔서 나에 관해 부모님과 이야기를 나누셨다. 매일 가정폭력을 일삼는 아버지와 종교에 의지하며 가족들에게서 눈을 돌려 버린 나의 어머니. 분명 내가 서서히 무너져 가는 것을 알고 있었을 텐데. 그동안 외면해 오다 담임선생님의 방문으로 정신과 치료를 해야겠다고 말하며 나를 바라보던 그 피곤한 눈빛을 지금도 기억한다. 이후 나는 폐쇄병동에 입원하게 되었다. 다른 당사자분들에게 병동생활은 고통스러웠던 기억으로 남아 있을 때가 많은데, 나는 입원 기간 동안 행복했던 기억이 난다. 왜냐하면 이제 더 이상 괜찮은 척하며 숨죽여 있지 않고 힘들면 힘든 그대로 있어도 되기 때문이다. 간호사의 따뜻한 미소와 입원해 있는 환자분들 사이에서 나는 그저 '나 그대로' 있어도 된다는 것이 얼마나 행복했었는지 모른다. 학교의 친구들이나 선생님의 우울증 환자를 대할 때의 조심스러움과 거리감에 소외감을 느끼지 않아도 된다는 것, 부모님 앞에서 더 이상 괜찮은 척하지 않아도 된다는 사실에 숨을 쉴 수 있게 되었다. 물론 찢어지게 가난한 탓에 한 달 만에 퇴원해야 했지만 말이다.

16살에 발병하여 38살에 다시 정신과 치료를 받기 전까지 22년을 불면증에 시달려 왔다. 하루에 2시간에서 3시간, 심할 때는 3일에 한 번

자며 12시간을 일했다. 지옥이란 죽음 이후에 찾아오는 게 아니라 살아있는 지금 이 현실이 지옥이라는 생각이 들었다. 서른다섯에 우울증이 재발했다. 직장 내 괴롭힘을 당하면서 서서히 정신이 붕괴되기 시작했다. 일을 하다가 멍하니 있게 되거나 매일 불안과 우울에 시달리며 살게 되었다. 아마 나를 괴롭혔던 직장 동료들은 지금도 웃으며 잘살고 있지 않을까? '왜 정작 정신과에는 치료를 받아야 하는 사람들이 오지 않고 상처를 받는 사람들이 오게 되는 것일까?' 어느 날부터 나를 협박하고 비난하는 사람들의 목소리가 들려왔다.

"내가 너 가만히 둘 것 같아? 너 반드시 망가뜨린다."

그리고 어느 날부터 환청이 들려왔다. "죽어, 죽어, 죽어!"

보다 못한 여자친구가 내 손을 잡고 정신과에 가서 치료를 받게 되었고 조현병으로 진단받게 되었다. 내가 조현병이라니. 당황스러웠다. 하지만 곧 안도감이 찾아왔다. 하루하루 끝이 보이지 않는 지옥 같은 삶이었는데 그 이유를 알게 되었기 때문이다.

정신과에 간 것은 나의 잘못이 아니다.

조현병에 걸린 것도 나의 잘못이 아니다.

지금보다 1cm라도 행복해질 수 있다면

지금보다 30분이라도 잘 수 있다면

지금보다 덜 불안하고 덜 우울해질 수 있다면.

끝이 보이지 않는 고통에서 벗어나고 싶은 소망에 비하면 정신과에 가

는 것에 관한 사람들의 편견 따위는 비할 바가 되지 않았다. 치료를 받으며 약을 먹기 시작했고 다시 잠을 잘 수 있게 되었다. 지금도 매일 밤, 잠들 수 있음에 감사한다. 만약 내가 치료받지 않고 견디기만 했다면 지금쯤 여기에 있을 수 있을까? 물론 지금도 불안과 우울, 불면으로 힘든 시기가 있다. 다만 정신과 치료를 받으며 내 삶의 무게는 내가 짊어질 수 있을 만큼 가벼워졌다. 죽을 만큼 외로워 보았기 때문에. 죽을 만큼 불안해 보았기 때문에, 죽고 싶을 만큼 불면증에 시달려 보았기 때문에 치료받고 다시 웃게 된 지금, 누구보다도 일상의 소중함을 귀하게 여길 수 있게 되었다. 정말 살아 있길 잘했다. 흘러가는 시간 속에 영원한 행복은 없지만 영원한 고통도 없다는 것을 배우게 되었다. 어떤 어둠 속에 있더라도 분명 다시 웃을 수 있게 된다는 것을 언제나 가슴에 새기고 살아간다. 누군가에겐 당연한 행복이, 누군가에겐 당연한 잠듦이, 누군가에겐 당연한 일상이, 누군가에겐 간절한 하루이기도 하다는 것을 말이다.

– 장○희

기왕이면 쉽게 가자

현대인들은 수많은 스트레스 속에 살아간다. 정신과 병원은 멀리 있는 게 아니라 조금만 주의 깊게 살펴보면 찾을 수 있는 거리에 있다. 정신과에 가기가 꺼려져 다니더라도 그 사실을 주변에 숨기는 경우, 또 애써 병원을 찾았다가도 처방받은 약을 먹지 않는 경우도 있다. 나는 조현병을 앓고 있고 발병 초기에는 원인을 몰라 굿까지 지냈었다. 나와 같은 문제로 고민하는 사람들이 있다면 "기왕이면 쉽게 가자."라고 말하고 싶다. **웬만하면 정신과 약물로 여러 증상이 정상으로 돌아오고 치료가 가능하다.** 물론 본인의 병을 받아들이는 병식도 생겨야 하고 평생 증상을 관리하며 투약을 이어가야 하지만, 원활한 회복을 위해서라면 굳이 나처럼 똥인지 된장인지 직접 먹어 보지는 말길 바란다.

난 재발하여 정신줄을 놓고 제정신이 아니었을 때의 모습도 나의 모습이라고 생각하지만, 많은 이들은 본인이 앓고 있는 병은 쏙 빼놓고 나머지 모습에서 정체성을 찾으려 한다. 그러나 나는 나의 병도 나의 일부로 받아는 들이되, 병이 있다는 이유로 안주하며 조현병 안에 나를 가두는 **환자 코스프레는 그만두라**고 말하고 싶다. 꾸준히 약을 복용하며 치료만 잘 받으면 병이 있다는 것을 아무도 모르니 스스로 한계를 규정짓고 그 안에 자신을 가두지 않길 바란다. **'회복은 결과가 아니라 과정'**이라는 말처럼 증상 관리에 힘쓰면서 작게나마 사회의 일원이 되어 살아가길 바란다.** 옛말에 아픈 어린이 한 명을 위해 온 마을 사람들의 손길이 필요하다는 말처럼 **아픈 그대를 위해 소중한 이들이 두 팔을 걷어붙이고 도**

와줄 것이다. 항상 가까운 이들에게 감사하며 본인의 병에 대해 배우고 정정당당하게 현실을 마주하자!!!

- 최○호

번외편 3

———

가족들에게
당부드리는 말씀

Canon EOS 200D II | F/4.5 | 1/125s | ISO-500 |

잘 맞는 약을 찾는 과정에 함께해 주세요!

며칠 전 친하게 지내는 동료에게 무척 다급하고 불안한 목소리로 전화가 왔다. 이 친구는 2주에 한 번씩 외래를 다니고 있는데 증상이 올라와 급히 약을 바꿔야 할 것 같다는 것이다. 평소 다니던 병원은 이미 예약이 꽉 차 일정 변경이 어려운데 어떻게 하면 좋을지 고민하고 있었다. 마침 친구가 다니고 있는 병원은 왕복 4시간이 넘는 거리에 있어 집 가까운 곳으로 외래를 바꿔 보라고 조언해 주었다. 그러나 친구는 부모님께서 많이 걱정하실 것이라며, 자기가 알아서 하겠다고 했다.

대부분의 부모님들은 아들이, 딸이 무슨 약을 먹고 있는지 모르고 계신다. 당연한 얘기이다. 약에 관해서는 불편하기도 하고 또한 오래 다녔던 병원을 바꾼다는 그 자체만으로도 많이들 불안함을 느끼시는 것 같다. 그러나 나의 증상에 잘 맞는 약을 찾고 부작용을 경험하지 않을 수 있도록 적정량의 용량을 찾는 과정은 회복을 위해 반드시 필요한 과정이다. 물론 이 과정에서 가장 노력해야 할 사람은 본인 스스로지만, 본인의 변화를 관찰하고, 적극적으로 의사 선생님과 상의하고, 때론 병원도 옮겨 가는 과정을 혼자서 감당하기는 쉽지 않다.

사랑하는 가족 여러분! 가족들을 위해 약에 대해서도 관심 가져 주시고 공부하며 힘겨운 이 과정에 함께해 주시면 어떨까요?

– 최○희

우리는 한 가족입니다

가족의 따뜻한 보살핌은 조현병 환자들에게 많은 도움이 됩니다. 의지할 곳 없는 환자들이 기댈 곳은 가족뿐인 것 같습니다. 어머니는 항상 식사를 챙겨 주시고 가끔 결혼한 여동생이 집에 와 이것저것 안부를 묻고 걱정해 줄 때마다 정말 고맙고 '내가 혼자가 아니구나!'를 느끼게 됩니다. **나를 조현병 환자가 아닌 아들, 오빠로 봐 주는 가족이 있어 회복이라는 긴 여정에서 지치지 않을 수 있습니다.**

- 김○호

때론 무디고 느리지만 지켜봐 주세요!

우리는 정신과 약을 먹고 있습니다. 약을 먹게 되면 단순해지고 무디어집니다. 여러 반응이 느리고 판단력도 느릴 수 있습니다. 때론 공허하고 때론 암흑 같은 여러 느낌이 있습니다. 이러한 점을 양지하셨으면 합니다. 그리고 때론 너무 많은 것을 하려 하기보다는 그냥 지켜봐 주십시오. 많은 사람이 있지만 **서로 똑같은 사람은 한 사람도 없듯 정신질환도 각자의 증상과 반응, 회복 속도 등이 차이가 납니다.** 아마 가족분들께서 그들의 성격과 성향들을 더 잘 알고 계실 것입니다. 또한 생각지 못한 여러 상황이 생길 수도 있습니다. 그럴 때 가족들께서 현명하게 처신해 주십시오. 우리의 삶은 적당히 길고 그 삶을 위해 제 나름대로의 노력을 하고 있습니다. 좋은 삶이든 평범한 삶이든 한 사람의 삶이고 인생입니다. 가족분들께 우리와 함께하는 이 삶이 때론 힘겨울지라도 부디 행복한 삶이 되었으면 합니다.

- 김○봉

너무 많은 기대와 너무 많은 걱정은 하지 않으셔도 돼요!

　가족 여러분! 당사자로서 가족 여러분께 드리고 싶은 말씀은 당사자들에게 너무 많은 기대와 걱정은 하지 마시라는 것입니다. 제가 겪은 바를 말씀드리면 처음 저는 부모님의 기대에 맞추려 잔뜩 노렸을 했던 것 같습니다. 그러다 병이 났고, 그렇게 되니 이번에는 부모님의 지나친 걱정과 염려에서 헤어나지 못했던 것 같습니다. 다행히 지금은 **적당한 기대와 적당한 걱정 속에 자립을 준비하며 건강하게 살아가고 있습니다.** 당사자분들과 가족분들도 그 적당한 거리를 찾아 각자의 자리에서 자립할 수 있기를 바랍니다.

- 김○우

긍정적인 시선으로 바라봐 주세요!

안녕하세요~ 저는 발병한 지 1년 차에 접어든 활동가입니다. 저는 이제 약도 많이 줄고 망상과 환청도 사라져 예전과 크게 다름없는 상태로 회복해 가고 있습니다. 지난 1년을 돌아볼 때 가족의 도움이 없었다면 저는 이 자리까지 쉽게 올 수 없었을 것이라고 생각합니다. 우리 집에서는 정신과 약을 먹는 것에 대해 영양제 먹는다고 표현합니다. 정신과 약에 대한 불편감을 순화시키고 좋은 의미를 부여하고자 그렇게 이야기하는 것입니다. 가족들이 정신과 치료를 긍정적인 시선으로 봐 주시고 응원해 주신다면 증상은 호전되고 나아질 수 있습니다.

물론 쉬운 길은 아닙니다. **처음 진단을 받았을 때는 현실을 부정하는 것부터 시작해 좌절을 겪고 다시 일어나기까지 각자의 시간이 다르기 때문**입니다. 상황을 어떻게 바라보느냐에 따라 충분히 달라질 수 있다고 생각합니다.

저는 불안증이 있어 한곳에 오래 있질 못하기 때문에 자주 산책을 나갑니다. 저녁에는 항상 어머니와 함께 산책을 나가는데 그럴 때마다 어머니는 "천천히 가자. 급하게 하지 말고."라고 말씀해 주십니다. 다른 집의 자녀들처럼 졸업하면 취업하고, 경제적으로 자립하며 **빠르게 가지 못하는 것이 답답하게 느껴질 수 있겠지만 더 이상 재발하지 않고 일상생활을 잘 유지하는 것이 더 중요하기에 천천히 재활의 시간을 견딜 수 있도록 도와주십시오!** 주변에 재활 시설이 있다면 다니는 것을 추천드립니다. 이 글을 읽으시고 도움이 되었으면 하는 간절한 마음으

로 글을 씁니다. 항상 건강하시고 밝은 마음으로 세상을 바라보셨으면
합니다.

- 정○지

무음의 응원해 주기

　우리와 같은 병을 가진 사람들에게도 분명 가족은 있습니다. 가족들도 우리와 가족으로 함께한다는 것이 쉽지만은 않을 것입니다. 아마 모든 생활 속에서 많은 스트레스를 받을 수도 있습니다. 그러나 우리가 혼자서도 꿋꿋하게 이겨 나갈 수 있도록 가족들이 "할 수 있어.", "충분히 잘 지내고 있어.", "잘 버텨 내고 있네."라고 말해 주었으면 합니다. 가족에게 커다란 무언가를 바라는 것이 아닙니다. 그저 "잘하고 있다."는 말이 듣고 싶습니다.

　우리가 살아가는 데 가장 큰 힘이 되는 것은 바로 가족들의 '무음의 응원'입니다.

– 당○주

회복을 바라는 하나의 마음

저는 병을 앓아 오면서 오랫동안 제가 병에 걸려 어떻게 변했는지 알지 못하였고 앞으로 갈 길에 대한 방향도 잡지 못했습니다. 병에 대해 무지했고 마음속으로 병이 있다는 것을 받아들이기까지 너무도 긴 시간이 필요했습니다. 지금도 가끔은 '병이 아니라 막연히 내 마음속의 소리들과 상대하고 있는 것이 아닐까?'라는 생각도 듭니다. 반면에 '가족들은 또 얼마나 긴 시간을 인내하며 나를 지켜보았을까?' 하는 생각이 들었습니다. **가족들의 노력이 무엇인지도 모르는 병마와 싸워 나갈 수 있는 힘을 길러 주었습니다.** 병으로 어려워하던 순간에도 가족들의 **병이 낫기를 바라는 '한 마음'이 있어 이겨 낼 수 있었습니다.**

– 유○호

평범한 가족의 마라톤

모든 정신질환은 마라톤과 같기에 페이스를 조절하며 긴 시간을 천천히 가야 합니다. 많은 정신질환을 가진 자녀들의 부모님께서 자녀가 진단을 받게 된 초기에는 온 마음을 다해 공감하고 함께 아파해 주려 노력하십니다. 그러나 '긴 병에 장사 없다'는 말이 있듯 곧 지쳐 버리게 되고 불편함과 죄책감으로 외면하게 되곤 합니다. 인간의 사랑에는 한계가 있습니다. 그 어떤 부모와 형제라도 그 사랑에는 한계가 있습니다. 한 번의 큰 위로, 한 번의 공감보다 일상을 함께 살아가는 것이 가장 중요합니다. '보통의 가족'처럼 '평범하게' 말입니다. 저는 동료들에게 정신질환으로 힘들 때 가장 듣고 싶은 말이 무엇이냐고 물어보면 하나같이 이렇게 대답합니다. "정신질환에 걸린 것은 너의 잘못이 아니야."라고요. 그 말을 해 주세요.

그리고 정신질환에 걸린 것은 가족들의 탓도 아니라고 생각합니다. 그러니 죄책감에 괴로워하지 않으시길 바랍니다. 주변 동료들은 하나같이 자신들이 다른 가족에게 짐이 된다는 생각으로 살아갑니다. 그들이 가족으로부터 소외되었다는 생각이 들지 않을 만큼만 평범하게 대해 주세요. 그들로 인해 가족들의 마음의 무게가 넘치도록 힘들어지는 것은 우리도 바라지 않습니다. 다만 증상이 나빠졌을 때 솔직히 말할 수 있을 만큼의 위로와 유대감이 있었으면 합니다.

정신질환자라는 사실만으로도 우리는 이미 수많은 선입견 속에 숨죽이며 살아가고 있습니다. **우리가 가족들과 함께할 때만이라도 평범한**

가족의 일원으로 함께한다고 느낄 수 있도록 '평범한 가족'이 되어 주세요. 평범한 가족만큼 어려운 일도 없지만, 그만큼 우리가 바라는 것도 없기 때문입니다. '평범함'의 의미에 대해 다시 한번 새겨 주시길 부탁드립니다.

- 장○희

우리들의 이야기를 세상 밖으로 내보이겠다고 결정했을 때, 수많은 걱정과 두려움이 앞섰습니다. 그럼에도 우리가 용기를 낼 수 있었던 것은 두 가지 바람 때문이었습니다. 첫 번째는 정신질환자들도 보통의 사람들과 크게 다르지 않다는 점을 알아줬으면 좋겠다는 바람이었고, 두 번째는 정신질환을 가진 당사자나 가족들이 우리처럼 오랜 시간 시행착오를 거치며 고통받지 않기를 바라는 마음 때문이었습니다. 그래서 우리는 그러한 마음이 어떻게 하면 잘 전달될 수 있을까 고민하고 또 고민하며 지난 1년간 이 책을 준비하였습니다.

50회가 넘게 진행된 에세이클래스를 통해 다양한 주제로 글을 써 보고 포토클래스를 통해 사진에 대한 이론 숙지는 물론 20회가 넘는 출사를 통해 풍경이나 사물에 감정을 담아 낼 수 있는 사진을 찍기 위해 노력했습니다. 이 책은 우리가 거쳐 온 시간의 흐름을 따라 총 3부로 구성되어 있습니다.

1부는 발병 이전의 시간을 기록하였습니다. 보통의 사람들이 경험하고 느꼈을 법한 추억과 감정들을 공유함으로써 독자분들과 공감대를 형성하고 나아가 우리의 시간도 여러분의 시간과 다르지 않았다는 것을 이야기하고 싶었습니다.

2부는 예상치 못한 발병으로 평범할 것만 같았던 우리의 삶이 얼마나 뒤바뀌었는지, 우리가 경험했던 수많은 혼란과 고뇌를 발병 과정과 증상에 초점을 맞추어 보다 생동감 있게 전달하고자 하였습니다. 또한 당사자분들에게 도움이 되기를 바라는 마음을 담아 정신과적 증상을 극복하기 위해 우리가 시도했던 여러 방법 중 꽤 효과가 있었다고 생각되는 꿀팁들을 부록으로 수록하였습니다.

3부는 정신질환이라는 병을 받아들이고 앞으로 나아갈 수 있도록 이끌었던 변화의 계기는 무엇이었는지, 그리고 회복이라는 과정을 통해 우리가 깨달은 것은 무엇인지를 수록하였습니다. 저마다 살아가는 삶의 모습과 고민은 모두 다르지만, 우리가 계획한 대로만 살아지는 인생은 아니기에 우리가 걸어가는 이 길이 결코 쉽지만은 않았음을, 우리는 지금도 더 나아지기 위해 무던히도 노력하고 있음을 전하고 싶었습니다.

이 책이 출간되기까지 많은 분들이 함께해 주셨습니다. 우리가 아침에 일어나 어딘가 갈 곳이 있고 함께라는 소속감을 느낄 수 있도록 해 준 우리의 둥지 동광임파워먼트센터와 세상의빛동광교회, 부천시 오정보건소에 감사의 인사를 전합니다.

그리고 예전에는 충분히 할 수 있었던 것들도 혼자서는 겁나고 발걸음이 떨어지지 않을 때 옆에서 한 걸음 한 걸음 함께 걸어 준 동광임파워먼트센터의 동반자들에게도 고마움을 전하고 싶습니다. 마지막으로 우리에게 더 많은 선택의 기회와 도전이 가능하도록 이 책의 출판을 위해 아낌없이 지원해 주신 아산사회복지재단에도 감사를 드립니다.

상처는 가까운 사람에게서만 치유되는 것은 아닙니다.

막다른 길에 접어들었지만 끝내 삶의 의미를 찾기 위해 포기하지 않았던 우리들의 이야기가 이 책을 읽는 이들에게 작은 위로가 되길.

언젠가 어디에서 이 글을 읽었던 누군가와 마주쳤을 때, 그들이 건네는 편견 없는 시선과 따뜻한 미소에서 우리의 소외감과 상처가 치유될 수 있기를 간절히 바라며 이 책을 마칩니다.

이 책에 참여한 이들

활동가

김○연 최○용 유○웅 최○희 권○열 고○정 김○빈 유○연 정○지
조○숙 하○협 당○주 서○호 윤 ○ 임○식 장○희 최○원 김○우
박○경 송○우 유○진 최○호 황○준 김○봉 유○지 유○호 이○영
김○호 문○구 박○호 이 ○ 이○규 한○훈 홍○택 서○한 이○형
이○우 허○민 황○리 이○숙 김○연 소○미

동반자

김장배 곽혜경 김기수 김다솔 김민서 김유라 서진영 신우빈 이두혁
이새봄 이준별 조강현 한유정 홍서빈

그리고 이 책을 통해 우리의 이야기에 마음으로 응답해 주신
소중한 당신, _____ 님.

당신은 이미 우리의 동반자입니다.

조현, 나의 일 프로

1판 1쇄 발행 2025년 4월 30일

저자 동광임파워먼트센터

교정 신선미 **편집** 윤혜린 **마케팅·지원** 김혜지

펴낸곳 (주)하움출판사 **펴낸이** 문현광

이메일 haum1000@naver.com **홈페이지** haum.kr
블로그 blog.naver.com/haum1000 **인스타그램** @haum1007

ISBN 979-11-7374-038-1(03810)

이 책은 아산사회복지재단의 후원을 받아 제작되었습니다.